轉生成蜘蛛又怎樣！

10

作者：馬場翁 okina baba
插畫：輝竜司 tsukasa kiryu

Kadokawa Fantastic Novels

contents

序章　於是她成為女神

很久很久以前。

世界的科技相當發達。

到處都是機械，讓人們過著富足的生活。

然而，他們犯下了過錯。

染指了不該碰觸的禁忌能源——ＭＡ能源。

即使某位女性告訴大家這麼做的風險，希望大家自制，人們也只把這些忠告當成耳邊風。

因為只要使用ＭＡ能源，他們就能擁有比現在更富足的生活。

而等待著他們的，是通往破滅的單程車票。

當人們終於發現自己的過錯，想要悔改的時候，一切已經太遲了。

滅亡的時刻迫在眉睫。

悲傷嘆息的人們找到了一線光明——

可以靠著犧牲一名女子來拯救世界。

而那名女子正是告訴大家ＭＡ能源有多麼危險的人。

即使如此，她還是答應了那些回過頭來向她求救的人們的要求。
然後，她成為了支撐世界的人質。
人們稱她為女神，把她奉為神明信仰。

1 訂下目標

房裡混雜著高雅的茶香、甘甜的甜點香味，以及原本就擺在屋內的花朵香氣。

儘管這些氣味都各有特色，卻取得絕妙的平衡，不會給人不舒服的感覺。

我想這八成也是計算好的結果吧。

公爵家的僕人真優秀。

我們現在正在開著慣例的茶會。

與會者有我、吸血子、人偶蜘蛛姊妹中的莎兒、莉兒與菲兒。

再加上看起來有些不自在的鬼兄。

一共六個人。

公爵家的僕人們跟往常一樣，幫我們做好準備後就趕緊離開了。

畢竟我們基本上都對僕人們擺出別靠近我的態度，所以這也是沒辦法的事。

就算沒有這項因素，身處在這種一觸即發的氣氛之中也是一種折磨。

嗯。把氣氛變得這麼差的罪魁禍首，是瞪著鬼兄的吸血子。

吸血子一直默默地瞪著鬼兄，而不知道該如何是好的鬼兄正感到困惑不已。

我只能說，這兩人的關係已經差到無可救藥了。
不管怎麼說，他們畢竟打過兩次生死決鬥。
因為憤怒這個雖然特別強大，但缺點也異常凶惡的外掛技能的緣故，鬼兄陷入了失控狀態。
而陷入失控狀態的鬼兄，跟我和吸血子進行過兩場死鬥。
咦？你說我在第二戰時，只是用凶殘的招數爆打人家一頓而已？
人家沒印象喔。
總之，鬼兄與吸血子就這樣結下了梁子。
而且我們在第一戰時被打得很慘，差點就被他殺掉，第二戰要不是我中途出手，勝負還是未定之數。
如果我沒有出手的話，吸血子八成會輸掉吧。
正因為如此，討厭輸的吸血子才會對鬼兄感到不滿。
然後就變成現在這樣了。
太過分了。
拜託你們換個地方吵架。
不要剝奪我的休息時間啊！
為什麼我得這麼悲慘，被這種連難得的好茶與甜點的味道都嚐不出來的氣氛包圍？
對現在胃容量變小的我來說，這可是寶貴的用餐時間啊！

啊……真是太過分了。

雖然鬼兄不斷向我投以求救的目光，但我假裝沒看到。

我們的茶會基本上是沒人會說話的。

此外，多虧了公爵家的超嚴厲教師透過斯巴達式教育灌輸在我們身上的頂級禮儀，我們用餐時都不會發出聲音，現場沒人說話，寂靜無聲。

在外人眼中，這副光景應該非常奇特吧。

可是，因為我跟人偶蜘蛛們都不會開口說話，吸血子自然也會跟著沉默不語。

然後，也許是為了配合現場氣氛吧，鬼兄也跟著不說話了。

難道這就是所謂的集團心理嗎？

在緊繃的氣氛之下，我們一邊喝茶一邊吃甜點。

所謂的茶會，難道不是一種氣氛更為融洽的活動嗎？

啊……可是在我的認知裡，貴族的茶會是一群老狐狸用話語互相刺探、牽制或交換情報，令人感到胃痛的活動。

就令人胃痛這點來說，現在這種情況可說是真正的茶會！

此外，這種說法中含有許多我個人的獨斷與偏見，好孩子千萬不能當真喔！

啊……遇到這種情況時，專心思考事情來逃避現實可說是最好的做法。

在我理清思緒之前，就讓鬼兄再稍微坐一下針氈吧。

不過，雖說我正在思考事情，但其實也不是什麼重要的事情。

我在思考自己未來的計畫。

雖然就規劃將來這層意義來說，這件事或許很重要，但也不是那麼嚴肅的事情。

簡單來說，就是那種高二生被老師要求提出志願表時，煩惱著「將來該如何是好～？」的感覺。

到了高三，就算不情願，也得準備升學考試，或是去找工作。

而在那之前還有一點時間的悠閒高二生，才正要開始思考未來的事情。

雖然不需要急著想出答案，但遲早得認真面對這個問題。

這或許是我的偏見，但我覺得會認真定下未來目標的高二生並不多。

絕大多數人應該都只想順理成章去考大學，然後再順理成章就職不是嗎？

然後，他們絕大多數都真的照做了。

就跟現在的我一樣。

如果現況維持不變，我未來似乎會被D帶回去，變成類似她部下的存在。

跳過升學直接就職了耶！萬歲！

嗯。畢竟D非常喜歡我，如果我就這樣什麼都不做，遲早會變成她手中的玩具。

D並沒有具體提過這件事。

雖然沒有提過，但從D那個樣子看來，這應該是既定的計畫吧。

感覺就像是透過父母的關係得到工作機會一樣。

如果維持現狀，我應該會虛耗光陰，然後順理成章地被D撿回去，就這樣開始工作。

如果要說這是壞事，其實倒也不盡然。

她可是能夠輕易施展名為「系統」的超複雜巨大魔術的神，實際見過她後，我也覺得那人深不可測。

憑現在的我……不，不管我今後變得有多強，我都完全想像不出自己戰勝她的畫面。D就是這麼可怕。

對於對諸神的世界一無所知的我來說，能夠得到D的庇護，難道不是一件非常好康的事情嗎？

不管怎麼說，現在的我是個神（笑）啊！

是個剛當上神的菜鳥。

而且由於我是透過系統與吸收大陸破壞炸彈這種歪到不行的非正規途徑成神，所以戰鬥能力至今依然不如成神以前的自己。

不，我也不曉得成神的正規途徑是什麼。

至少，不管怎麼想，透過像遊戲一樣的系統的力量提升等級，然後吸收大陸破壞炸彈當上神，都不會是正規途徑吧。

算了，先把這個問題擺到一邊。

現在的我雖然在分類上算是個神，卻完全不像個神。

然而，我體內蘊含的能量毫無疑問是神的等級。

畢竟我吸收的大陸破壞炸彈裡的能量有著足以摧毀一塊大陸的威力。

總之，明白此理的人……不，是明白此理的神，都能察覺我是神。

要是這樣的我隨便跑去其他星球會怎麼樣呢？

答案是，會被當地的神發現。

稍微想想就知道了吧～

要是被發現以後，對方願意和平地跟我相處倒是還好。

可是，在對方眼中，我的行為就跟非法入侵差不多，就算對方二話不說就殺過來，我也無話可說。

我剛踏出艾爾羅大迷宮的時候，魔王也是二話不說就殺了過來。

那時，我學到了一個道理——

離開熟悉的地盤是件非常危險的事情。

不過，魔王原本就是要來狙殺我的，不管我有沒有踏出艾爾羅大迷宮都一樣就是了。

先不管這個，只要我待在這顆星球，就不會發生陌生的神突然殺過來這種沒天理的事情。

畢竟這裡是Ｄ的地盤。

名為系統的超巨大魔術完全覆蓋住這顆星球，而施術者正是大家都知道的Ｄ。

換句話說，這顆星球的支配權握在Ｄ手上。

即使她本人不在這裡，跑來找這顆星球的麻煩，就等於是向Ｄ宣戰。

換句話說，只要我待在這顆星球上，就有Ｄ這個靠山罩我。

就算要說我處於她的保護之下也行。

還只是個菜鳥神的我要從這裡踏出一步，是相當需要勇氣的。

對神一無所知的我，若離開Ｄ的地盤，就跟一隻什麼都不懂的井底之蛙跳進大海裡差不多。

會死。必死無疑。

因此，我目前還不打算離開由Ｄ支配的這顆星球。

此外，考慮到自身安全的話，就這樣永遠待在Ｄ的底下工作，也是件非常有吸引力的事情。

正確來說，我目前並沒有其他的選擇。

只要想到有可能不小心惹火Ｄ……

從過去的經驗來判斷，我完全無法預料惹火那個Ｄ會有什麼後果。

她很可能對我做出遠遠超乎我想像的可怕事情，讓我想到就害怕。

只不過……

如果要在Ｄ手下工作，最大的難處大概就是那一點了吧～

不管怎麼想，Ｄ的個性都很糟糕。

不管是系統那種玩弄人心的規格也好，還是每次出手干預我時隱約展現出的無盡惡意也好。

都讓人覺得她不愧是自稱邪神的傢伙。

然後，我實際見到的Ｄ本人，也遠比想像中的還要可怕。

跟隨那種高深莫測的傢伙真的沒問題嗎？

……我覺得肯定會出問題。

奇怪？

不管怎麼選擇，我好像都死定了耶？

……不，不會有那種事的。我說不會就是不會。

就當作是這樣吧。嗯。

無論如何，我目前無法採取行動這點都不會改變。

我只能待在這顆能夠安全行動的星球上，做些力所能及的事情。

不管將來是要被Ｄ撿走，還是要拒絕跟她離開，就現況來說，我無法憑自己的意志決定任何事情。

為此所需要的知識與力量，我都太過缺乏了。

因為這個緣故，我得先補強自己的不足之處。

簡單來說，就是做跟以前一樣的事情。

我要找回跟過去受到系統幫助時一樣，甚至比那時更強的戰鬥能力。

因為基礎能力本身得到了提升，就算沒有系統的輔助，也應該不至於辦不到才對。

關於這個問題，我並不太擔心。
雖說幅度很小，但我還是能感覺到自己每天都在進步。
比起連絲都射不出來時那種看不到未來的不安，光是能夠慢慢進步就已經非常好了。
只要繼續花時間鍛鍊，就肯定可以得到相對的成長。
話雖如此，若說我毫不擔憂，倒也並非如此。
待在這顆星球，雖然不用擔心會被不認識的神襲擊，卻也存在認識的神，以及其他危險的傢伙。
那個認識的神正是邱列邱列，而危險的傢伙則是波狄瑪斯。
就算我什麼都不做，那些傢伙應該也會隨世局變化採取各種行動。
沒錯，即使我過著平常的生活，世局依舊慢慢在變化。
就算是我這個神（笑），也還是會普通地死在不是神的人手上。
其中又以那個名叫波狄瑪斯的傢伙特別危險。
那傢伙的機械軍團是靠著不同於系統的獨特原理在運作。
雖說我也已經練就無視各種原理的萬能轉移術，但也不能掉以輕心。
只要運用轉移，我就能把敵人轉移到危險地帶，或是轉移自己逃離戰場，愛怎麼做就怎麼做。
因此，面對系統內的敵人，我有信心自己幾乎不可能打輸。

前提是對手不運用魔王那種超高速，在我來不及做出反應之前就把我揍飛的話。

可是，波狄瑪斯所使用的神祕結界，很可能會讓我無法發動轉移。

而現在的我手中的王牌，就只有絲和轉移。

要是轉移遭到封印，我就幾乎沒有勝算了。

而波狄瑪斯是魔王的敵人，我目前則身處在魔王的陣營之中。

我欠了魔王相當大的人情，並非只是要報答她的一宿一飯之恩。

她沒有拋棄失去力量的我，一直照顧我到現在。

因此，在還清這份恩情以前，我想要為魔王效力。

這麼一來，我就必定會跟波狄瑪斯敵對，必須想辦法對付他才行。

不過，其實要對付他也沒有那麼困難啦～

簡單來說，既然那是一種結界，就只會在特定的空間裡產生作用對吧？

這就代表只要我不進入那個空間，就不會有事。

換句話說，只要別接近對方就行了。

從結界的有效範圍之外用遠距離攻擊打敗對方。

就只有這個辦法了。

只要我活用轉移，就能輕易化身為移動砲台。

問題在於——我偏偏沒有遠距離攻擊手段！

不過，我腦海中已經有幾個構想，再來只要能付諸實行就行了。
這樣應該就能在某種程度上應付波狄瑪斯了。
可是……
魔王的目的並非擊敗波狄瑪斯。
不，那毫無疑問也是目的之一，但魔王的目標更為遠大。
她想要拯救這個即將毀滅的世界。
那才是魔王的目的。
不過，就算是魔王，想要達成這個目的也很困難。
不管再怎麼強大，魔王都不是神。
這種就連真正的神——邱列邱列都束手無策的現況，我實在不認為連神都不是的魔王有辦法解決。
我也想要解決這種現況。
如果目前還能放心居住的這顆星球不撐久一點，我會很困擾。
地球？
那裡可是有D耶。
像D那種傢伙，偶爾跟她見個面就夠了。
要是太常跟她碰面的話，就各種意義來說都很不妙。

她是黑洞的一種。

儘管明知被吸過去會很不妙，還是會忍不住受其吸引。

我得跟她保持適當的距離才行。

嗯……

照這樣下去，魔王應該會壯志未酬身先死，我得想想辦法才行。

唔。真傷腦筋。

要做的事情太多了，一個身體實在不夠用！

可惡，我真想要多個一兩具身體。

……等等，那種事情好像辦得到不是嗎？

只要先用產卵這個技能製造出分身的身體，再用平行意識這個技能把頭腦移植過去就行了。

需要注意的事情，頂多就只有必須小心管理分身，別讓上次平行意識失控的慘劇重演而已吧？

……好像有試試看的價值。

好。

那我的短期目標就決定是製造分身了。

中期目標是支援魔王的活動。

長期目標則是……得手足以逃離D的魔掌的力量。

嗯。我果然得逃離D的掌控才行。

至今為止，不管是老媽還是魔王，凡是打算逼我低頭的傢伙，我都傾盡全力與之對抗。

現在也是一樣，我跟魔王只能算是盟友，我並沒有變成她的部下。

可是，我不能和D成為那種關係。

前往D的身旁，代表我歸順於她。

以我的行動基準來說，這似乎不太妥當。

只不過，令人傷腦筋的是，在與D接觸的過程中，我居然萌生了就算那樣似乎也不錯的想法。

我得跟D保持距離，讓自己稍微冷靜一下。

照這樣下去，我怕自己會以無法逃離作為藉口，就這樣接受這件事情。

我要先得到足以逃跑的實力，到時候再重新思考這個問題。

思考自己到底該不該逃。

不，這樣不行！

要是我的意志這麼不堅定，到了緊要關頭時，肯定會說出「雖然我逃得掉，但就算不逃也沒差」這種話！

我必須擺出強硬的態度，下定決心逃離D的魔掌。

無論如何都要逃。

我要使出全心全力，懷著絕對要逃掉的氣魄面對這場挑戰。

ＯＫ。那我就做好要是失敗就會被殺的覺悟，懷著危機意識行動吧。

會連門都不敲就闖進來的傢伙，在這棟宅邸中就只有一個。

就在我理好思緒的同時，房門被粗暴地打開了。

「打擾了。」

「你真的打擾到我們了，拜託別進來。」

如我所料，這位不速之客正是那個小混混。

而吸血子也立刻跟小混混吵了起來。

為什麼這兩個傢伙的感情會這麼不好？

比起鬼兄，吸血子說不定更討厭這傢伙。

呃，嗯。雖然我也討厭小混混就是了。

「我又不是來找妳的！這句話我不是每次都會說嗎！還有，這裡是我家！妳這呆頭鵝到底要我說幾遍才聽得懂啊！」

「這也不能怪我吧？畢竟我得應付一個智商比鵝還低的傢伙啊。要是我不配合他的智商，用原本的高尚方式說話，他不就沒辦法理解了嗎？」

「……」

「……」

幼女與壯漢互瞪的光景在眼前上演。

啊……真是和平啊……

「那個……不用阻止他們嗎？」

鬼兄悄悄問我。

「喂！那傢伙是什麼人！」

就在這時，也許是注意到了鬼兄的行動，小混混把矛頭從吸血子身上移向這裡。

「這是怎麼回事！我可沒聽說家裡有這號人物！這裡是我家，為什麼我不認識的傢伙會一臉理所當然地待在這裡？要是你沒有正當理由，我可不會隨便放過你喔？」

「呃……」

小混混如此逼問鬼兄。

而鬼兄則是一臉困惑。

因為鬼兄沒學過魔族語。

他根本聽不懂小混混在說什麼啊～

「那傢伙已經得到待在這裡的許可了喔。愛麗兒小姐知道這件事，你哥哥鐵定也知道才對喔。」

「妳說什麼？」

聽到魔王的名字，小混混板起臉孔。

魔王在鬼兄找回理智後實際跟他見過面，她應該也已經透過負責管理這棟宅邸的執事長，告訴身為宅邸主人的小混混的哥哥——巴魯多這件事了。

既然魔王允許鬼兄留在這裡，那巴魯多也沒能說不。

然後，既然巴魯多沒能說不，只不過是當家弟弟的小混混自然也無權說三道四。

「嘖！為什麼都沒人告訴我啊！可惡！」

小混混一臉不悅地使勁捶了一下桌子。

雖然他的力道不足以打壞桌子，卻讓茶水從桌上的杯子裡撒了出來。

喂，剛才撒出來的是我的茶耶。

看看這傢伙幹了什麼好事。

「喂，既然老哥已經允許，那我就不追究你待在這裡的事情了。可是，我身為相關人士，有必要知道你為何會來到這裡。你到底是何方神聖？為什麼會來到這裡？」

小混混質問鬼兄，但鬼兄理所當然地無法理解這些話的意思。

鬼兄像是想要求救般偷偷看了我和吸血子一眼。

也許是對他的舉動感到不滿，小混混生氣地抓住鬼兄的角。

「還戴著這種裝飾品，難不成你覺得這樣很帥？根本遜斃了好嗎！」

鬼兄的角不是裝飾品啦。

……話說回來，你有資格說人家嗎？

「咦？我覺得你的打扮比較遜耶。」

吸血子說了不該說的話。

她八成是反射性地就脫口而出了吧。

話說出口後，吸血子「啊！」地趕緊摀住自己的嘴巴。

人偶蜘蛛們全都僵住不動，在房外靜觀其變的女僕們也倒抽了口氣。

世上有許多雖然想吐槽，卻不能吐槽的事情。

例如上司超明顯的假髮之類的。

同樣的道理，這位小混混的穿搭品味也是不能吐槽的事情。

就連跟他勢如水火的吸血子，至今也都不曾吐槽過這點。

可是……！雖然如此……！

既然話已經說出口，那就沒辦法了。

承認吧。

這個小混混真是超土的！

該怎麼說呢……他身上穿的每件衣服全都微妙地搭不起來。

雖然算不上奇特出眾，但都是些很少出現在別人身上的搭配，而那些搭配都遜到不行。

即使是要營造出個人特色，他穿在身上也不好看。

「哼。就說妳是個小鬼，不懂這種帥氣啦。」

然而，小混混卻對吸血子擺出得意的表情。

對不起，我不知道這種時候該擺出什麼樣的表情。

是不是只要笑就行了？

不，我想應該不能笑吧。

其他人似乎也跟我有一樣的想法，每個人的表情都很微妙。

人偶蜘蛛們也從一號表情切換成認真的表情。

妳們幾個根本不用特地切換表情吧！

居然做出這種不知道算不算白目的微妙反應！

「……懶得跟你計較。這傢伙不懂魔族語，就算你這樣問，他也聽不懂啦。」

也許是認為繼續聊這個話題不太好，吸血子硬是把話題轉回鬼兄身上。

「順便告訴你，那兩隻角不是裝飾品，因為那傢伙是名叫鬼人的人型魔物。」

「什麼！」

小混混對魔物兩個字做出反應，把手伸向佩在腰上的劍柄。

「你到底有沒有在聽人說話？是魔王愛麗兒小姐決定讓那傢伙待在這裡的。要是對他出手，你知道會有什麼後果吧？」

面對吸血子的脅迫，小混混悶哼一聲。

他瞪了鬼兄幾秒後，才心不甘情不願地放開劍柄。

不過，他的表情依然嚴峻，戒心全寫在臉上。

「既然如此，那我更該把事情問個清楚。喂，雖然很不爽，但妳來幫我翻譯。」

小混混一屁股坐在空位上。

同時一臉不滿地命令吸血子。

他沒有拜託我是正確的判斷，這點值得讚許。

可是，那種說法並不太恰當耶。

「哎呀？可是他聽得懂人族語呀，你根本不必拜託我翻譯吧？」

看吧，吸血子馬上就開心地出言挑釁了吧。

這個世界的語言主要有兩種。

那就是人族語與魔族語。

這個世界很大，但只要掌握這兩種語言，就不會碰到語言不通的麻煩。

雖然各地區之間也會有口音上的差別，也有各地區特有的措辭之類的問題，但那就跟日語中的關西腔差不多，只要精通標準語，就大致都能溝通。

儘管如此，小混混還是叫吸血子幫忙翻譯。

嘴巴上還說不爽。

從中推理出的答案，我想應該就是那麼回事吧。

「快問啊，什麼問題都能問不是嗎？名字？出身背景？你為什麼會來到這裡？你不是很想知道嗎？只要說人族語，就什麼都能問喔。」

吸血子露出奸笑。

那是壞孩子的表情。

只有天生的虐待狂會露出那種表情。

比鬼兄更像鬼。

啊，吸血鬼也算是鬼啊。

「唔唔唔……！」

小混混滿臉通紅，緊咬牙關。

被人愚弄到這種地步，換作是平常的話，他早就氣得跑走了，今天怎麼這麼能忍？

小混混偷偷看了我一眼，接著又看向鬼兄。

嗯？

「我不會說人族語，所以妳來幫我翻譯。」

在因為羞恥而渾身發抖的同時，小混混硬是擠出了這句話。

果然如此。

被人愚弄到這種地步卻還是不自己開口問，也就只能是這個理由了吧。

「哎呀？不會吧！魔族頭號大貴族公爵家當家的弟弟居然……居然連人族語都不會說！真是

抱歉，因為這種事情我連作夢都想不到，才會……」
吸血子，追擊！
小混混，心靈受到重創！
太狠了。
「別說了，快幫我翻譯！」
「你應該說『請幫我翻譯，求求妳了』才對吧？」
吸血子，繼續追擊！
小混混停止呼吸了！
太狠了。
「請……幫我翻譯！算我求妳！」
嗚哇……
原來生氣或害羞到極點的人，真的會跟煮熟的章魚一樣變得滿臉通紅，而且全身發抖耶。
他還好吧？
腦血管會不會爆開啊？
「既然你都這麼說了，那我就幫你吧。」
不知道是因為已經滿足，還是因為覺得繼續欺負小混混會讓他真的發飆，吸血子露出無比燦爛的笑容，接下了翻譯的任務。

因為被捲入了這場糾紛，鬼兄一副非常坐立不安的樣子，縮起了身體。

雖然他聽不懂魔族語，不知道他們在講什麼，但現場氣氛還是告訴他，事情會變成這樣似乎都是他害的。

或許最大的受害者是鬼兄也說不定。

「你真是太命苦了！」

小混混不知為何一邊流著男兒淚，一邊拍打鬼兄的肩膀。

自從吸血子接下了翻譯任務後，對話便順利地進行了下去。

吸血子意外認真地翻譯，徹底擔任鬼兄和小混混之間的橋梁，完全沒有夾雜自己的話語。

或許剛才把小混混欺負得那麼慘，已經讓她滿足了吧。

雖然有些事情，像是管理者邱列邱列拜託我們去阻止鬼兄，或是魔之山脈對面的狹縫之國的事情等等不能說，但除此之外大致都是基於事實進行說明。

鬼兄憑自己的力量跨越魔之山脈，在山脈出口處耗盡體力不支倒地，結果被我們救走——頂多就只有這部分被竄改成這樣了而已。

由於我們已經事先套好話，所以不會露出破綻。

然後，當小混混大致聽完鬼兄的經歷，就做出了這樣的反應。

「既然這樣，那就沒辦法了。雖然不能讓你一直住下去，但你就在這裡住一陣子吧！」

小混混一邊發出噁心的聲音，一邊吸了吸鼻水。

吸血子的臉皺成一團。

雖然就連人偶蜘蛛們都有些望而生畏，但最困擾的人還是他身旁的鬼兄。

嗯……我沒料到他會有這種反應。

雖然我跟小混混相處的時間不長，還沒完全搞懂他的為人，但是在我的印象中，只需要「小混混」、「幼稚」、「麻煩人物」這些形容詞，就足夠形容他了。

因此，看到他做出這種有如表面耍壞，但內心熱血的不良少年漫畫主角般的反應，老實說讓我有些不知所措。

原來你是這種角色啊……

我還以為你是那種小嘍囉系的角色呢。

啊……可是，就算他是這副德性，也還是魔族的大人物，應該有著不少部下，不可能是個小嘍囉。

雖然不曉得他是否受到部下愛戴，但至少這座宅邸裡的人似乎都滿喜歡他的。

沒錯，除了執事長以外，這座宅邸裡的人都是小混混的同伴。

儘管執事長已經吩咐眾人，禁止他與我們接觸，他還是每次都能順利來到這裡，這就是最好的證據。

如果是小混混硬逼他們聽話的話，他們應該會向執事長報告才對。

既然上面一點反應都沒有，就表示他們沒向執事長報告，或是連執事長也默許了。

不管怎麼樣，他們肯定都在暗中幫助小混混。

從這點看來，或許小混混意外是個會善待屬下的傢伙。

不過，那種事對我來說並不重要。

反正我對小混混的好感度也不會再提升了。

「要是你無處可去的話，我也可以僱用你喔。既然你有辦法跨越魔之山脈，那應該實力不錯，我可以讓你加入我們的軍隊，你意下如何？」

聽完鬼兄的經歷後，小混混就像是變了個人一樣，積極地與他打交道。

在對此感到困惑的同時，鬼兄聽完吸血子的翻譯，說他希望能再考慮一下。

我想也是，這種事情沒人能馬上做出決定吧～

而且如果他真要在這裡任職，也得先學會魔族語才行。

無論如何都得先克服這個問題。

「要是遇到什麼麻煩，就來找我吧。」

聽完鬼兄的回答，小混混心滿意足地回去了。

還擺出一副大哥的架勢。

總覺得有點煩躁呢。

「那傢伙怎麼回事？」

吸血子似乎也跟我有著同樣的想法。

無論如何，這樣就算是取得小混混的允許了，鬼兄以後可以光明正大地在這棟宅邸生活。

「未來的事情啊……」

而鬼兄本人在小混混離開後如此呢喃，陷入了沉思。

忙著思考未來的人不是只有我。

大家都在思考自己的將來。

「未來的事情想了也是白想。」

更正。這裡有個完全沒在思考的傢伙。

「沒人知道什麼時候會發生什麼事情，就算一直想著未來的事情也沒用吧。該如何活在當下才是我們必須思考的事情。」

哎呀。

想不到吸血子居然會說出這種發人省思的話。

嗯……她說的確實有道理。

當我還在艾爾羅大迷宮裡時，也是整天只想著眼下該如何活下去。

正確來說，是沒有多餘的心力想其他事情才對。

雖說該如何活在當下確實是個重要的問題，但我覺得未來的願景也要事先想好會比較好。

尤其是吸血子。

她是這個世界獨一無二的吸血鬼真祖，而且已經開始擁有超出常人的實力。

不過，她畢竟還小，有的是時間。

比起吸血子的成長速度，世局改變的速度可能會更快。

到頭來，就算我們做好迎接未來的準備，恐怕也只能聽天由命了。

2　做好準備

時間過得很快，我們在公爵宅邸裡的生活已經持續了將近一年。

除了小混混偶爾會過來騷擾之外，我們過著和平的日常生活。

順帶一提，在公爵宅邸裡當了半年左右的食客後，鬼兄便在魔王的安排下加入軍隊了。

鬼兄似乎也是想了很多才付諸行動，外表看起來也到了可以獨立自主的年紀，就算從軍也不會讓人感到奇怪。

雖然他的實際年齡跟吸血子一樣，還只是個幼兒就是了。

畢竟他是轉生者，這並不算是個問題。

既然他能獨立自主，那我就沒有意見了。

他似乎還利用住在公爵宅邸的這半年學會了魔族語。

真希望吸血子也能稍微學習一下這種獨立精神。

然後，說到吸血子，我就一個頭兩個大。

也許是因為嫉妒這個技能的影響，她的情緒很不穩定，非常令人傷腦筋。

才剛莫名親暱地自己黏過來，下一秒卻又莫名其妙發飆。

總是擺著一張臭臉，為了一點小事就對別人緊咬不放。

啊，我說的緊咬不放只是比喻而已。

雖說她是吸血鬼，但也沒有真的去咬人。

就算是吸血子，也還是懂得拿捏分寸……希望如此。

從她最近的樣子看來，就算引發流血衝突也不奇怪，令我膽顫心驚。

雖然魔王給了一些課題，試圖讓她取得外道抗性，但目前看起來毫無效果。

只有我和梅拉能夠阻止發飆的吸血子，但梅拉基本上不會在這裡，所以這份工作就落到我頭上了。

真是麻煩……

每當女僕衝到我房間時，我就知道「又來了」，心中充滿了倦怠感。

不過，她目前為止還沒有引發什麼重大事件，都只是小孩子在耍脾氣罷了。

雖然她散發的壓迫感造成了實際損害，害女僕們差點昏倒就是了。

加油吧！女僕小姐們！

總之，雖然發生了這些細微的變化與令人頭痛的事情，但除此之外我們大致都過著和平的日常生活。

至於我在這段期間做了什麼事情……那就是努力創造自己的分身。

我利用產卵這個技能，生下了自己的複製品。

啊，我當然不是從肚子裡生出蛋喔。
我才不會做那種重口味的18禁行為。
具體來說，我是先射出絲，把絲纏成一顆球，然後在裡面培育分身。
咦？什麼？
那種東西才不叫做蛋？
沒差啦，只要有得到成果就夠了。
咦？你問我有沒有得到成果？
呵呵呵……
那我就在此發表吧！
這就是我這一年來努力的成果！
就讓你見證現在的我的分身的英姿吧！
鏘鏘鏘鏘！看吧！這副可愛的模樣！
站在我手掌上的是一隻白色蜘蛛。
在我掌中的這個小可愛就是我的分身！
……很可愛吧！不可愛嗎？
咦？你說可愛不重要，要我趕快介紹牠的能力？
……好可愛！

牠很可愛吧？

快給我說可愛啊，混帳東西。

嗯，你猜得沒錯。

除了可愛之外，牠目前並沒有其他能拿來說嘴的能力。

與其說是分身，不如說是分體才對吧？

畢竟這小傢伙沒有完整到足以稱作「身」的地步。

因為這小傢伙姑且算是我的分體，所以能夠與我共享知覺。

本體的我能完全掌握分體看到與聽到的一切。

不過，分體的特殊能力真的就只有這樣。

牠並不具備能由外表所見的能力以外的能力。

雖然能射出絲，也能用嘴巴咬人，但都沒有太大的威力。

射出來的絲在性能上遠遠比不上本體的我的絲，頂多就跟地球上的蜘蛛差不多等級。

咬人攻擊也是一樣，因為連毒都沒有，所以頂多只能讓人受點皮肉傷，不足以殺人。

而且只要反過來被踩上一腳就會死掉。

……怎麼樣！這就是我努力了一年的成果！

想笑就笑吧！

嗚嗚嗚……可是，想要走到這一步，可是費了我不少功夫喔。

光是在製造分體的階段，我就遇上了不少麻煩。

冷靜下來仔細想想，這不就等於是在絲球裡製造複製人嗎？

光是聽到這些，就會覺得我做的事情非常厲害了吧？

雖然完成品是能拿來說嘴的能力只有可愛的分體就是了！

不過，我有應用平行意識的原理，讓分體擁有獨立思考的能力，所以這小傢伙並非毫無發展的空間。

看來能期待今後的發展呢。

因為這個緣故，我把被踩到就會死翹翹的弱小分體丟進異空間。

這種異空間一如其名，是利用空間魔術創造而成，不同於現世的其他空間。

說到空間魔術，就會想到我的三大魔術——傳送術、道具箱與異空間創造術。

而這就是其中之一的異空間創造術。

我雖然在創造分體的部分進度緩慢，但在空間魔術的部分卻一直有在進步。

我的轉移術也是進步飛速，看來我似乎比較擅長空間魔術。

我洋溢的才華真是太可怕了！

雖然分體的完成度很差就是了……

我把完成度不高的分體丟進異空間。

這個異空間是我創造出來的私人世界。

我就是主宰者。

只要身為主宰者的我進行設定，甚至能在一定程度上操控時間流逝的速度。

換句話說，就跟精神時光屋一樣。

你們就在裡面努力修練吧。

被丟進異空間的分體靈活地移動前腳，比了個「遵命」的手勢。

其他分體也跟著向我敬禮。

哼，誰說分體只有一隻了。

異空間裡擠滿了一大堆的分體。

單一分體的能力不夠強？

那我就用數量決勝負！

……這只不過是藉口罷了。其實是我在不斷嘗試創造出能力強大的個體的過程中，不知不覺創造出了這麼多的分體。

要是這些傢伙變強的話，肯定會很不得了。

所以，我至今為止所做的一切，絕對不是白費力氣。

我說不是就不是。

就當作是這樣吧。

我輕輕關上異空間的入口。

然後，有別於成果有些微妙的分體，我在其他部分還算進展順利。

首先是空間魔術。

從我成功完成異空間這點便能得知，我的空間魔術順利地進化了。

轉移的準確度與發動速度不但有所提升，我還開發出了好幾種轉移的噁心用法。

老實說，那些招式可怕到讓我覺得有些超過的地步。

就攻擊面來說，這樣幾乎就夠用了。

相較之下，防禦面還有些讓人不放心的地方。

雖然還有轉移逃跑這個最後手段，但要是在發動轉移之前就被偷襲幹掉的話就糟了。

雖然我的身體強化魔術也比以前進步，但防禦力還是和神化之前沒得比。

畢竟有的時候，比如說睡覺的時候，身體強化魔術就會解除。

仔細想想就會發現，能夠讓名為基礎能力值的身體強化魔術常駐在身上的系統，果然是很厲害的東西。

總之，我當前的目標就是追回神化前的能力值，並且讓魔術的效果能夠一直維持。

因為現在的我在睡覺時是最沒有防備的。

我得設法避免在睡夢中被人暗殺。

不過，我身旁目前有著人偶蜘蛛這些護衛，那種事情發生的機會並不大。

然而，俗話說得好，有備無患。
我還是得盡量做好防備才行。
總之，在達成目標以前，我只能不斷精進自己。
只不過，光是單純提升防禦力，我覺得可能不夠應付以後的戰鬥。
我會有這種想法，是因為我運用轉移術的攻擊手段，根本就視防禦力如無物。
既然我做得到，就表示肯定有其他人也做得到。
千萬不能誤以為只有自己是特別的。
換句話說，我也得想出對抗防禦力無視攻擊的手段才行。
我的轉移攻擊其實也不難防禦。
只要抵銷掉就行了。
只不過，如果是其他無視防禦力的招數，要抵銷就有難度了。
畢竟我連還有沒有其他招數都不確定。
可是，還是別以為那種招數不存在會比較好。
都已經見識過名為系統的驚人魔術了，我覺得還是做好任何誇張魔術都有可能存在的心理建設會比較好。
事實上，D就很有可能真的無所不能，令人十分畏懼。
就算我某天突然發現自己死了也一點都不奇怪。

太可怕了！

面對這種招數，就算單純提高防禦力，我覺得也是毫無意義。

至於應對這種招數的對策，我正在思考能不能把蛋復活這招拿來利用。

蛋復活就是透過把我的意識轉移到用產卵這個技能生下的蛋裡，藉以讓自己復活的技巧。

因為我運用產卵這個技能創造出了分體，便也想到或許可以讓本體的意識逃到分體之中。

這麼一來，就算本體受到致命傷，我也能夠繼續存活。

就算面對防禦力無視攻擊也不需要害怕了！

話雖如此，但分體本身的完成度還太低了。

要我把意識轉移到那種被踩一腳就會死的軟弱身體裡？

那反而是在找死吧。

雖然只要我想做，應該立刻就能做到，不過我暫時把這歸為今後的課題。

在戰鬥能力這方面大致上就是這樣了。至於其他方面，我當然也取得了成果。

具題來說，是邪眼方面的能力。

為了能夠閉著眼睛行動，我從以前便開始練習透視，而現在已經可以一直發動透視了。

因此，現在的我基本上都閉著眼睛。

這樣我就不會碰巧跟別人對上眼，害別人嚇到了！

不過，我原本就不會跟別人對上眼，所以那種事幾乎不曾發生就是了。

咦？你問我為什麼？

現充大概無法理解吧，但邊緣人就連要跟別人四目相對都很困難。

要我看著別人的眼睛說話實在是太困難了。

哼，雖然是可悲的邊緣人習性，但也是因此才讓這雙眼睛至今都沒有被別人看見。到底哪些事情會造成正面影響，還真是難以預料呢。

除此之外，多虧了透視能力，在轉角處不小心撞到別人之類的意外再也不會發生了。

雖然幾乎都窩在房裡的我本來就不會遇到那種邂逅事件就是了！

不過，透視依然是很方便的能力。

畢竟透視是所有男生都希望得到的能力嘛。

可以盡情偷看吸血子的內衣喔！

雖然我不會偷看就是了。

……咦？你說聽起來我好像沒有活用這項能力？

才……才沒有那種事呢！

我已經用得淋漓盡致了好嗎！

而且除了透視之外，我還把千里眼之類的能力找回來了！

因為還能跟其他邪眼一併使用，我的超長距離邪眼攻擊也解禁了。

雖然咒怨的邪眼與封印的邪眼這類直接與系統連結的邪眼還不能使用，但除此之外的靜止的邪眼與歪曲的邪眼則可以毫無問題地使用。

死滅的邪眼？那個太危險了，我沒試過。

不過，只要先用靜止的邪眼定住敵人，再用歪曲的邪眼把敵人連同空間一起扭斷，就能在絕大多數的敵人接近我之前擊敗他們。

我可說是順利地逐漸找回了神化前的實力。

雖然我目前沒有機會實際運用這些能力，也不曉得這到底是好還是壞就是了。

嗯。因為日子過得很和平，這肯定算是好事吧。

不過……

就算說和平，前面也應該加個「暫時的」才對。

畢竟最近的氣氛非常危險。

魔族領地正處於人心惶惶的狀態。

因為魔王不斷地在徵兵。

對人口比人族少的魔族來說，生活壓力也相對的大。

因為人口多寡會直接影響生產力。

人口若少，各種地方必然都會缺乏人手。

明明已經人手不足，那些為數不多的勞動力卻又被抓去當兵，讓市民們對魔王的觀感變得非常差。

即使如此，他們也無法違抗。

畢竟對方可是魔王。

對魔族來說，魔王是重要的人物。

不但無法違抗，就算違抗了，也敵不過那位魔王。

不管有多少魔族團結在一起，我都無法想像他們擊敗魔王的畫面。

雖然外表是那副模樣，但她可是強到能輕易引發天地異變。

可是，絕大多數魔族都不曉得魔王有多麼強大。

所以他們心中的不滿逐漸累積，已經快要爆發了。

他們想要擊敗魔王，擁立其他新魔王。

嗯。因為這個緣故，他們八成會在近期發動政變。

事實上，有股勢力似乎正在準備武裝叛變。

為什麼窩在房裡的我能掌握到這樣的情報？

這當然是諜報活動的成果啊。

在自己的生存能力與戰鬥能力方面都做好準備後，接下來該提升的果然就是諜報能力了。

戰爭中最重要的事情就是取得更多的情報。

敵人的規模有多大？

敵人躲在什麼地方？

只要知道這些情報，就能輕易做出對策。

不了解敵人這件事本身就是個損失。

反過來說，只要能摸透敵人，就能大幅提升己方的優勢。

情報就是力量。

因為這個緣故，我才會致力於諜報活動。

那些情報是從哪裡弄到手的？

答案是我可愛的分體軍團！

從分體的蜘蛛外表便可看出，牠們不但能夠爬牆，因為身體只有巴掌大，所以還能躲藏在各種地方。

而且分體看到與聽到的事情會即時傳送到我腦中。

還有其他如此適合從事諜報活動的傢伙嗎！

不，絕對沒有！

缺點就是牠們很弱，一旦被發現，就會被輕易趕走。

我不是說過，這些傢伙只要被踩一腳就會死嗎？

那其實是我的真實體驗……

不過，就算分體被人發現然後殺掉，身為本體的我也不痛不癢。

此外，因為沒人會想到那種小蜘蛛居然是間諜，就算被人發現，也不太會引起對方的警戒。

頂多只會認為那是新種魔物之類的生物。
所以，就算要當成棄子也完全不成問題。
如果能夠不被發現當然是最好的。
於是，我把大量生產的分體中的一部分派往各地。
然後不斷收集情報。
各種情報都有。
從市民之間的流言，到大人物之間的祕密會談都有。
雖然還不到對魔族領地的一切消息都瞭若指掌的地步，但我對自己收集到的情報準確度有信心。
其實不光是魔族領地，我還想把分體送到人族領地或妖精那邊，但卻沒有那麼做。
因為我覺得現在就這麼做會有危險。
人族領地是教皇的地盤。
妖精領地是波狄瑪斯的地盤。
對尚未成熟的分體來說，這兩邊都不好對付。
雖然分體可以在魔族領地自由行動，但那是因為別人不會把蜘蛛這種生物跟魔王和我聯想在一起。
就算被發現，別人也不會知道是我和魔王在收集情報。

可是，只要看到蜘蛛，教皇與波狄瑪斯肯定會聯想到我和魔王。

他們必定會盡全力加以排除分體。

可憐的分體沒機會完成收集情報的任務，就這樣悽慘地死去……

正因為這樣的結果顯而易見，至少在分體練就不會被人發現，就算被發現也能成功逃跑的能力之前，我不會派牠們前往人族領地和妖精領地收集情報。

不過，其實也不是不能故意讓敵人發現，公然告訴他們「我正在監視你們！」，讓對方保持警戒。

因為那麼做的風險很大，還會白白消耗掉分體，所以我不是很想那麼做。

畢竟分體也不是從天上掉下來的。

雖說只有巴掌大小，但構成牠們身體的物質得從外界攝取，創造牠們時也需要充足的能量。

而這些資源都是從艾爾羅大迷宮裡取得的。

只要我前往那裡，白蜘蛛們就會為我獻上魔物的屍體。

雖然本體的我已經不想再吃那種東西，但魔物屍體的營養價值與分量都很足夠！

為了健康著想，大家都來吃魔物吧！

小心不要中毒了喔！

好啦，分體們，盡量吃個夠吧。

不過，雖說牠們只是分體，但也是我身上的一部分，就結果來說，跟我自己吃其實沒什麼兩樣。

幸好牠們都是蜘蛛形體，就算是魔物也不會覺得太難吃。

如果是人類形體的話，牠們說不定就會因為食物太難吃而罷工了。

真是好險。

把分體創造成蜘蛛的模樣，其實並沒有什麼特別的理由。

我只是自然而然就把牠們做成這樣，如果我想做，應該也能創造出人型的分體。

不過，在沒有多想的情況下，我很自然地就做出了蜘蛛型的分體。

難不成是因為我在內心深處認為自己是蜘蛛，才會造成這種結果嗎？

這個我也不清楚。

反正這也沒有造成什麼不便，不是需要深入探討的問題，我便放著不管了。

不管怎麼樣，我就是我。

比起我原來是D的替身這個驚人的真相，這不過是個小問題罷了。

話說回來，人類形體果然很難用。

為什麼只有兩條腿啊！

有八條腿絕對比較穩定不是嗎！

這樣實在太難保持平衡了。

在身體強化魔術還不穩定的現在，只有兩條腿的話，就連要跑步都有困難。

感覺就像是明明油門踩到底了，煞車卻不靈光一樣。

在某些情況下，有八條腿的話就能站穩，但只有兩條腿就不可能辦到。

就在我忙著思考解決之道的時候，這個問題突然就解決了。

我為此煩惱不已，而下半身在不知不覺中變成蜘蛛型態了。

這就是所謂的女郎蜘蛛型態。

我也不是很清楚自己是怎麼辦到的，但只要我下半身用力，就能變成女郎蜘蛛型態。

我的身體還真夠隨便的！

順帶一提，因為我成功地讓下半身變形，便猜想是不是也能變成其他型態，結果只能變成女郎蜘蛛型態。

雖說只有下半身，但我還是成功讓身體變形了，照理來說應該能讓全身都隨心所欲地變形才對。

看來夢幻的七階段變身終究只是個夢想。

雖然變身成女郎蜘蛛型態也算是一種魔術，但就跟射出絲時一樣，我似乎是在無意識中完成魔術構築，就連自己都不是很清楚其中原理。

連在無意識中都能辦到這種事，魔術實在是既不可思議又深奧難解。

不過，如果要說魔術本身就是不可思議的東西，那我也無話可說。

總之，這樣我就擁有一定程度的近戰能力了。

雖然我不認為……不，是不希望敵人會輕易殺到面前，但擁有物理上的逃命手段還是比較好。

因為我能在瞬間變成女郎蜘蛛型態，就算遇到突如其來的攻擊，只要不是太難抵擋，都還有辦法應付。

咦？你問內褲要怎麼辦？

我當然沒穿。

笨蛋！我不可能會說這種話吧！

我有好好穿著。

只要在變身的時候收進異空間就行了。

我才不會在變身場景中賣肉呢。

有如週日晨間動畫般的鐵壁之裙可是我的驕傲。

順帶一提，透視對策也準備妥當了。

對於自己辦得到的事情，我可不會疏於防備！

呵呵呵……

如果想讓我放福利，就做好覺悟放馬過來吧！

……要是真的有那種傢伙出現，也是件討厭的事情。

嗯。要打的話，我希望對上認真打的敵人。

「打擾了。」

「滾回去。」

就跟往常一樣，面對闖進茶會的小混混，吸血子用這句話代替問候。

換作是平常的話，他們兩個接著就會開始鬥嘴，但我這次有事要找小混混，所以得阻止他們才行。

於是，我伸手制止正要開口的吸血子。

我不同於平時的反應讓吸血子露出訝異的表情。

雖然小混混也露出被嚇到的表情，但他很快就對吸血子露出得意的笑容。

我覺得這種幼稚的地方就是他的缺點。

至於吸血子……啊，大事不妙。

她露出跟鬼一樣的表情，忿忿地咬著牙。

原來那種「嘰嘰嘰」的聲音不是音效，而是她實際發出的聲音呢～

而且她還咬破嘴唇，鮮血都流了出來。

嫉妒的影響真是太可怕了！

別激動。

妳給我冷靜一點。

妳看，就連小混混都被妳嚇到了啊。

要是就這樣放著她不管好像會出大事，我決定趕快把事情辦一辦，然後請小混混離開。

於是，我迅速地把信交給小混混。

那是用我的絲與真心織成的信。

啊，那可不是情書喔。

雖然對不起不知為何有些開心的小混混，但信封上可是大大地寫著「給魔王」這三個字喔。

啊，他看到那三個字，整個人都洩氣了。

「這是什麼？妳是要我把這封信拿給那傢伙嗎？」

沒錯，正是如此。

我點頭表示肯定後，小混混無力地垂下肩膀。

不好意思。

麻煩你替我跑腿。

還害你空歡喜一場。

反正你平常都在給我們添麻煩，這點小事就原諒我吧。

事情就是這樣，趕快幫我把信交給魔王吧。

快去快去。

我用手勢叫他快滾後，小混混就垂頭喪氣地離開房間了。

那背影充滿了哀傷。

這樣吸血子應該也可以息怒了吧。

「不准擺出那種會讓人誤會的態度！」

她沒有息怒！

那是彷彿從地獄深淵竄上來般汙濁不堪的低沉聲音。

不是幼女該發出的聲音。

喂，莎兒跟菲兒都嚇到抱在一起發抖了啦！

莉兒？

即使處在這種狀況下，莉兒依然滿臉笑容！

別激動。

妳給我冷靜一點。

好不容易成功安撫了生氣的吸血子後，當天的茶會就結束了。

嗯……雖然我成功達成把信交給魔王的任務，但吸血子情緒不穩定這個新的問題似乎也浮現出來了。

我打算提升她的外道抗性，放眼將來來處理這個問題，但看來或許需要先用些激烈的手段解決了。

吸血子的占有慾會發揮在我們這些熟人身上。

尤其是對梅拉，已經到了強烈過頭的地步。
雖然我們走遍了全世界，但實際有過交流的人非常少。
換句話說，吸血子沒什麼朋友。
因為這個緣故，她才會想要占有身邊的人，並且依賴他們。
雖然我也沒資格說別人，但吸血子應該去認識更多人才對。
我是個有辦法獨立自主的能幹女生，所以倒還無所謂，但吸血子是個幼女。
不過，這似乎不是我需要擔心的事情。
反正只要再過一段時間，吸血子就會被丟進學校了。
不光是我，周遭的大家也都在慢慢地做著準備。

閒話　不工作的魔王大人

這裡是魔王城的魔王辦公室。

把雙腿擺在桌上偷閒的我，聽到急促的腳步聲正在接近。

腳步聲的主人就這樣筆直來到這個房間的門口，連門也不敲就猛然打開門。

「連門也不敲就闖進淑女的房間也未免太沒禮貌了吧？」

「就憑妳那種幼女身材，還好意思說什麼淑女，別笑死人了。」

這個毫不隱瞞心中的不愉快，對我惡言相向的傢伙，就是巴魯多的弟弟——布羅。

不是他哥哥巴魯多，而是突然冒出來的我當上魔王這件事，令他感到相當不滿。

話雖如此，因為他哥哥巴魯多選擇協助我，所以他也照著哥哥的意願去做，沒有違抗我。

所以，就算他說了非常失禮的話，我也會用廣闊的胸懷原諒他。

我沒有生氣。真的沒有喔～

「你找我有什麼事？話說在前頭，巴魯多現在不在這裡喔。」

因為布羅討厭我，所以一直以來都盡量避免跟我碰面。

既然他會來到這裡，如果不是來找我，就是來找巴魯多的。

「有人叫我把這個拿給妳。」

布羅大步走到桌子前，像是要把手裡的東西砸在桌上般高高舉起手，卻又臨時打消念頭，把東西輕輕地擺在桌上。

這傢伙到底想幹嘛？

「雖然不知道是怎麼回事，不過我確實收到了。」

「嗯……」

聲音聽起來無精打采。

難道他受到什麼打擊了嗎？

算了，不管布羅有沒有精神都與我無關。

重新看向他擺在桌上的東西後，我發現那是裝在信封裡的信。

把信拿起來一看，就能發現這封信的質感顯然不同於平時在用的紙。

這種滑順的觸感……應該是小白自己製造的紙吧。

得知寄信的人是誰後，我看了信裡的內容。

「真的假的……」

我忍不住如此呢喃。

裝在信封裡的十多張紙上，詳細地記載著企圖反叛的主謀名字，以及該勢力所擁有的戰力與補給據點等情報。

她到底是從哪裡弄到這些情報的？實在是莫名其妙。

小白總會做出遠遠超出我預期的事情。

「布羅。」

「啊？」

我從背後叫住準備離開的布羅。

順帶一提，從布羅把信交給我，到我把信看完為止，並沒有花上幾秒的時間。

換句話說，對布羅來說，他應該覺得他才剛把信交給我，就又立刻被我叫住。

這是擁有思考超加速這個技能才能辦到的特技，但不知道此事的布羅，應該只會覺得我連信都沒看就把他叫住吧。

不過，我並不在乎他怎麼想。

「你看看這個。」

所以，就算我這番話讓布羅爆出青筋，也不關我的事。

「妳要我啊！」

「看完就交給巴魯多，順便幫我傳話，就說『交給你了』。」

我無視情緒激動的布羅，說出自己的要求。

「這是魔王的命令。」

「嘖！」

雖然抱怨個不停，卻還是乖乖聽從命令的布羅其實是個認真的傢伙。
布羅心不甘情不願地開始看信，在看信的過程中，原本不高興的臉也逐漸嚴肅了起來。
雖然眉頭的皺紋還是一樣深就是了。
「這怎麼可能？這裡面寫的是真的嗎？」
布羅對信的內容抱持著疑慮。
可是，信裡的內容實在太過詳細，讓人無法懷疑。
就算內容再怎麼令人難以置信，一旦看到這麼多證據，也無法不去相信。
不過，寫下這封信的人是小白這點，恐怕也加深了布羅的疑慮。
畢竟在布羅眼中，小白並不像戰士，就只是位千金大小姐。
小白整天都窩在公爵宅邸裡，他的看法也未必是錯的。
應該說，就連我都想不明白，本應閉門不出的小白到底是怎麼收集到這些重要情報的。
既然連我都想不明白，布羅恐怕只會覺得更莫名其妙吧。
「……」
布羅就這樣一邊默默地看著信，一邊走出了辦公室。
至少也先打聲招呼再走吧。
我好歹是魔王，是你的上司耶。
就算基本上是個認真的傢伙，卻有著這種缺乏常識的地方，這正是他的缺點。

所以他才沒有女人緣。

布羅離開了，我再次用同樣的姿勢坐下來休息。

老實說，我現在閒閒沒事做。

不，雖然只要我想做，能做的事情非常多，但考慮到效率問題，我不插手反而更好吧。

雖然不至於發動叛變，但是像布羅那樣討厭我的傢伙非常多。

尤其我又只在以巴魯多為首的幾個人面前展現過實力。

魔族崇尚實力至上主義。

因此，魔王也必須具備足夠的實力。

所謂的實力，並不只限於戰鬥能力。

像巴魯多那樣擅長政治，也會被認為是一種實力。

而被選為魔王的傢伙，通常都是魔族公認的強者。

在成為魔王以前，就得讓所有人都了解其實力。

因此，不會有太多人感到不服氣。

可是，我不是魔族，也沒有知名度。

就最古老的神獸這層意義來說，我算是相當出名，但如果我不主動昭告天下，別人就不會知道這點。

在絕大多數魔族的印象中，我應該是個身分與實力都神祕莫測，卻突然當上魔王的傢伙。

在這種狀況下，他們不可能不對我感到不滿。

而這些不滿累積到最後，就造就了小白這次發現的那股蠢蠢欲動的反叛勢力。

至於我為什麼不讓所有人都知道我的實力，答案是為了防止有人逃亡。

讓人無法反抗的恐怖統治。

如果只是這樣倒還無所謂，但要是再加上壓倒性強大的武力，就做得太過頭了。

我擁有單槍匹馬消滅全體魔族的實力。

而且如果有必要，我真的會去做這件事。

一旦知道這個事實，這些魔族們會有什麼反應？

如果他們因為害怕被處分，選擇乖乖聽話的話，那倒還無所謂。

可是，要是他們逃跑的話就麻煩了。

如果他們主動反抗我，我可以輕易反殺。

我擁有能做到這件事的實力。

不過，一旦他們四散奔逃，我就無計可施了。

我沒有逐一追捕他們，把他們抓回來或是殺掉的人力與時間。

雖然只要動員剩下的女王與其眷屬，倒也不是真的辦不到，但要是事情變成那樣，就顧不得與人族之間的戰爭了。

局勢會從魔族與人族之戰，變成消滅魔族的我與人族之戰。

我想把那當成最後手段。

如果要對付達斯汀與波狄瑪斯，我想要把魔族當成擋箭牌兼棄子，先觀察情況再說。

因為這個緣故，我想要盡量對魔族隱瞞自己的實力，並且讓他們聽從我的指示。

為此，只對巴魯多或亞格納之類的魔族大人物展現實力，讓那些傢伙聽命於我，是最簡單有效的手段。

只要上頭聽話，下面也就不得不聽話了。

就像是布羅那樣。

不過，他們心中的不滿還是會累積。

當那股不滿終於爆發，也就是叛變發生的時候，只要我展現出部分實力，應該就能讓那些不服氣的魔族也乖乖閉嘴吧。

我要讓危險分子聚集在叛軍之中，然後一股作氣加以肅清。

把反抗者一掃而空，讓所有人明白我夠格當他們的統治者。

重點是，這種時候千萬不能做得太過火，務必盡量壓低逃亡者的數量。

該如何拿捏輕重是個難題。

雖然我是這麼想的，但在我察覺以前，小白就把叛軍的底細全都查清楚了。

這麼一來，就算我不親自出馬，也能大獲全勝了。

畢竟我已經徹底掌握敵軍的戰力配置與數量，以及戰勝他們的方式。

而且我事前就掌握到情報，不管要怎麼先發制人都行。

在事前準備如此充足的情況下，只要不是非常無能的指揮官，就不可能戰敗。

這樣的話，就算我趁機展現實力，不就也只像個打必勝之戰還自以為厲害的可憐小丑嗎！

因為太過優秀，結果反倒打亂了我的計畫，小白這傢伙到底在搞什麼飛機？

拜此所賜，我又無事可做了。

唉……真傷腦筋。

……我可不是自願當尼特的喔。

要是我隨便露面，四處行動，就會讓魔族累積不滿，所以我才會把工作全丟給巴魯多。我不工作可是出於正當的理由喔。

畢竟之前魔王不在的時候，一切事務都能順利運作，要是我插手去管，可能反倒會成為阻礙。

事情就是這樣，我絕對不是自願躲在這裡摸魚的。

我說不是就不是。

3 發起行動

透過小混混把有人意圖謀反的事情轉告魔王後過了三天。

編組完畢的叛軍討伐部隊出發了。

太快了吧！

這已經不只是當機立斷的程度了吧！

所謂的軍事行動，不是應該花上更多時間準備嗎？

懷著這樣的疑惑，我派分體去調查了一下內情，發現這支部隊似乎是硬湊出來的。

魔王好像把這件事完全交由巴魯多去處理，而巴魯多似乎打算用閃電戰術鎮壓叛軍。

為了避免東窗事發，叛軍必須花時間慢慢收集人員與物資，而巴魯多打算在叛軍做好準備之前痛擊他們。

再加上我方沒有表現出要行軍的徵兆，所以還能殺得對方一個措手不及。

巴魯多應該是想速戰速決吧。

應該說，就巴魯多的立場來說，他也只有這個選擇。

在不得不為即將到來的人魔決戰做準備的這段期間，可不能白白耗損兵力。

考慮到一旦時間拉長，叛軍人數就會增加，就得設法趁早擊潰叛軍，把損失壓到最低才行。

如果順利的話，說不定還能讓尚未會合的叛軍預備軍就地解散。

可是，這麼急著出兵，補給線之類的問題該怎麼辦？

喂！別以為在這個有著能力值與技能的世界裡，補給線就不重要了！

其實地球上的常識在一定程度上對這個世界的戰爭是管用的。

因為這個世界的居民跟地球人基本上沒差多少。

不吃飯就會肚子餓，不睡覺就會覺得睏。

擁有睡眠無效這種技能的傢伙只是少數特例罷了。

一旦肚子餓或是感到疲倦，不管能力值多強，都無法發揮實力。

此外，雖說有著能力值這種東西，但那也沒什麼大不了的。

因為不管是人族還是魔族，大多數的人能力值都沒有破千。

反倒是只要有其中一項能力值破千，就會被當成英雄看待。

我很清楚手下有一堆能力值輕鬆破萬的傢伙的魔王陣營有多麼異常。

然而，那些尋常士兵的能力值平均就只有三位數左右，沒辦法做出太誇張的事情。

穿著全身鎧甲全速奔跑這點程度的事情還是辦得到，但反過來說，他們也就只有這點程度。

一拳就把地面打成兩半，或是一發魔法就把周圍化為焦土，這類戰力通膨系奇幻世界常見的光景其實相當少見。

再說，要是到處都是能做出那種事的傢伙，城牆就毫無存在的意義了。

既然城牆這種東西確實存在，就表示它是真的能夠擋下敵人。

不過，因為這些城牆也透過技能之類的東西提升了防禦力，所以不能拿來跟地球上的城牆做比較就是了。

讓我想想……對了。

考慮到能力值、裝備與騎獸之類的恩惠，這裡的戰爭大概就跟第一次世界大戰時期的地球差不多吧。

弓箭有著跟槍差不多的威力，魔法也可以想成是砲兵。

雖然我剛才也說過，在城牆防禦力之類的地方還是有所不同就是了。

咦？你說這樣已經夠誇張了？

不，在我看來，那樣根本不算什麼。

看看我身邊的傢伙們吧。

以能夠一拳引發天地異變等級的大災害的魔王為首，我身邊全是些光憑戰鬥時的餘波，就足以把周圍的一切破壞殆盡的怪物。

相較之下，赤手空拳就有跟槍砲差不多的破壞力的傢伙根本就不算什麼。

先不說這個了，回到原本的話題，這個世界對於戰爭的常識，有著跟地球的戰爭共通的地方。

由此可知，這次的出兵是相當亂來的事情。

如果事前有所準備的話就算了，但這次沒有做準備就出兵，任誰都會覺得是無謀之舉。

不光是戰爭，舉凡戰鬥之事，事前準備都是很重要的。

招募士兵，透過訓練提升士兵的戰力，備齊裝備。

像這樣質量兼備的軍隊，還得擬定好行軍計畫，讓他們能夠在戰場上發揮全力才行。

雖說能力值與技能能在某種程度上彌補不足，但若要徹底發揮軍隊的戰力，就得讓士兵得到充分的休息與足夠的食物。

巴魯多擬定的閃電強襲作戰會對士兵們造成極大的負擔，這樣真的沒問題嗎？

雖然正是因為覺得沒問題，他才會下令出兵就是了。

嗯……

重新確認一下戰況吧。

叛軍目前正往魔王城所在的魔族領地首都北方的某個城鎮聚集。

為了避免引人懷疑，那些士兵都偽裝成平民，幾個人為一組，慢慢滲透進城鎮裡。

補給品與裝備之類的東西也都正一點一點偷偷運進去。

因為這個緣故，照理來說會很難掌握叛軍的行動。

本來大軍應該會在不知不覺間被組織起來，並且開始進軍魔王城才對。

哼，事前察覺這件事的我，實在是太厲害了。

多虧了我這完美無缺的優秀行動，才能在叛軍還完全沒做好準備以前，反過來由我方發起行動。

為了不放過這個好機會，才會演變成這種由我方率先發動奇襲的狀況。

因為對方八成也在監視我們。

要是開始大陣仗備戰，就等於是在告訴叛軍他們的行動已經被察覺了。

因此，我方才會用快於對方傳令的速度進軍，打算在叛軍做出反應之前就加以鎮壓。

從叛軍是逐漸聚集而來這點便可得知，叛軍目前還分散在各地。

雖然要是叛軍聚集到同一個地方就麻煩了，但只要在叛軍聚集以前就解決掉其主力，剩下的敵人就不足為懼。

然後，就算分散在各地的叛軍事到如今才打算趕快集結，也不可能趕得上我們。

這麼一想，我就覺得這種閃電戰術倒也不是個壞主意。

問題在於，這個戰術到底能不能為我們帶來勝利。

北方城鎮的防衛能力並不是很好。

魔族的城鎮……不，這個世界的城鎮的防衛設施，絕大多數都不是拿來對付人，而是拿來對付魔物的。

唉，這也是理所當然的事，因為魔物會積極地襲擊人類嘛。

要是不準備好對策，就會死於魔物的襲擊。

雖然當然也有例外，但絕大多數的城鎮都是配合該地區出現的魔物，建設該地需要的防衛設施。

在北方城鎮附近出沒的魔物，大多是小型或中型的野獸型魔物。

由於這些魔物不但很弱又能食用，狩獵這些魔物成了北方城鎮的主要產業。

別說是防守了，居民甚至還會主動出擊……

總之，這裡不需要太厚的城牆，就只有防範魔物入侵所需要的基本城牆。

因為這個緣故，我軍不用擔心叛軍堅守不出。

就算叛軍決定死守，我軍也能輕易突破。

敵人用守城戰爭取時間，導致分散在各地的叛軍成功會合——這樣的事情絕對不會發生，讓我放心多了。

要是敵人靠著堅固的防衛設施打守城戰，就得花上非常多的時間才能攻下，攻擊方還需要用上比防守方多上一倍的兵力，我淺薄的軍事知識是這樣告訴我的。

不需要擔心這種事情發生，這真的是一大福音。

然後，一旦打起野戰，士兵的數量與指揮官的能力就會成為重點。

士兵的戰力？

那當然很重要，但大家都是魔族，所以差異並不會太大。

同種族的人過著同樣的生活，能力值當然也會變得差不多。

當然，如果能力值差了兩到三倍的話，就會成為無法顛覆的巨大差距，但那種強者非常少。

不過，既然我會說那種強者非常少，就表示那些少數的強者確實存在。

即使是那些強者，能力值也都沒有破千。

就憑那種程度的能力值，能辦到的事情也很有限。

因此，整支軍隊被區區一個能力突出的強者蹂躪，這樣的事情並不會發生。

一旦如此，戰爭的勝敗便取決於單純的士兵數量，以及雙方指揮官的能力。

我方這次出擊的士兵數量是敵軍的三倍。

而且指揮官還是巴魯多。

話雖如此，但實質上率領士兵的人似乎是小混混。

雖然由小混混擔任指揮官這點讓我無法完全放心，但只要有著多達三倍的兵力差距，應該就不太可能戰敗。

畢竟還有巴魯多在，這作戰應該萬無一失才對。

其他需要擔心的，大概就是強行出兵所導致的士兵疲勞以及後勤補給的問題。

雖然他們多少攜帶了些食物，但感覺似乎只帶了最低限度需求的量，我不覺得足夠。

我曾想過運輸兵可能會隨後追上，但又不見這樣的跡象。

沒問題嗎？

要是肚子餓了，就沒辦法打仗了喔？

雖然我有考慮過這個問題，但仔細想過後，我發現在我們要攻打的地方不太需要在意這個問題。

因為北方城鎮是靠著狩獵食用魔物維生的城鎮。

換句話說，北方城鎮附近到處都是食物。

因為可以在當地取得食物，就沒必要特地揹著沉重的食物了是嗎？

這麼說來，在地球的歷史上，戰爭的時候，軍隊在當地取得的食物也占了軍糧中相當大的比例。

靠著掠奪取得。

……這麼一想，就覺得戰爭實在是件悲慘的事情。

咦？你說會吃掉自己擊敗的敵人的傢伙沒資格說這種話？

一碼歸一碼，一事歸一事。

關於士兵疲勞的問題，巴魯多應該會注意，看來是不太需要擔心才對。

哎呀？

這麼一想就覺得我們好像不可能打輸。

多虧了我的功勞，事前已經徹底掌握敵軍的情報，要是這樣還能戰敗，那就是下達指示的指揮官太過無能了。

而且在巴魯多率領的軍隊之中，還有三個莫名其妙的傢伙一臉若無其事地混了進去。

那就是艾兒、梅拉與鬼兄。

你們幾個到底在幹嘛？

不，鬼兄的憤怒技能已經被吸血子封印起來了，強度還算是在正常的範圍以內，就算混在一群魔族之中，感覺起來應該也不會太過異常。

梅拉好像也沒問題吧？

不，完全不行。

為了追上吸血子的腳步，梅拉一直腳踏實地地鍛鍊自己。

拜吸血鬼這個種族的特性所賜，他的實力已經遠遠超乎常人。

他甚至能跟發動憤怒的鬼兄勉強一戰，尋常魔族根本比不上他。

然後還有艾兒這個貨真價實的怪物。

嗯、嗯。

這樣想要打輸還比較困難吧。

那我就放心了。

……原本應該是這樣才對呀～

可是，我總覺得相當不安。

這就是蟲之預感嗎（註：原文是「虫の知らせ」，意指不好的預感）？

雖然蜘蛛嚴格來說不是蟲就是了。

不過，那種事情現在並不重要，重要的是我的直覺正在發出警告。
無視這種直覺並不是什麼好事。
正是因為有不好的預感，我才會在想巴魯多率領的軍隊是否有勝算。
而結論就是他們能輕易獲勝。
話雖如此，但那種不祥的預感還是沒有消失。
我是不是看漏了什麼？
好像無法斷言絕對沒有……
我收集情報的方法，是利用分體進行諜報活動。
如果是巴掌大小的分體，就能隨意進入狹窄的地方，也能隨意竊聽別人說話。
如果是在四下無人的地方，還能任意翻閱資料。
不過，分體的能力很弱。
弱到要是被人發現，就會被一腳踩死的地步。
因此，我把不被發現這點擺在第一位，慎重地收集情報。
就算分體被踩死，我這個本體也不會受到傷害，但好不容易才生下的分體，就這樣用過就丟也很浪費。
我已經收集到了相當大量的情報，我覺得這樣已經足夠了。
可是，萬一我收集到的情報有所遺漏呢？

萬一叛軍有著嚴密隱藏的情報，而我沒有發現，那偏偏又是要命的重要情報的話呢？

照理來說，那應該不可能是正好對叛軍有利的情報才對。

把巴魯多軍與叛軍的戰力拿來做比較，便知道我們十之八九會獲勝。

可是，對這種不祥的預感置之不理，恐怕會有危險。

這種時候或許就該由我這個閒閒沒事做的傢伙前去暗中守護巴魯多軍。

事情就是這樣，我去看看狀況吧。

不過，在此之前……

我得先去跟吸血子說一聲我要出門才行。

因為要是我擅自出門，那傢伙就會非常生氣。

「什麼？妳要出門？妳在說什麼傻話啊？我當然也要一起去啊。」

不知道她為什麼會得到這樣的結論，真想叫她把原因寫滿四百字的稿紙交上來。

吸血子似乎已經打定主意要跟來，急急忙忙地把她愛用的大劍拿了出來。

呃……

現在該怎麼辦？

老實說，我不曉得會發生什麼事情，不是很想把吸血子帶去。

「妳會選在這個時間點出門，肯定是要去叛軍那邊對吧？既然梅拉佐菲也在那裡，那我沒理

由不一起去啊。」

吸血子居然猜中了！

這傢伙不是那種笨女孩角色嗎！

啊……不，其實她也沒有我說的那麼笨啦。

嗯～可是，比起靠著邏輯思考得出結論，說她是靠著野性的直覺看穿我的行動，我會覺得比較可以接受，這也是沒辦法的事。

更何況，讓她這麼想要跟去的理由也確實很蠢。

因為梅拉在，所以我也要跟去，這到底算是什麼理由？

只因為這種理由就跟過來，只會給我添麻煩罷了。

「還是說，妳有什麼不能讓我跟去的理由嗎？難道說有某種理由，讓妳非得追著梅拉佐菲到沒有我的地方嗎？」

咿……！

吸血子小姐，您的瞳孔放大了耶？

這樣有點嚇人，拜託您別用那種眼神看我！人家會怕！

好吧！我明白了！我帶妳去！

我拚命地用肢體語言表示會帶她去，這才讓吸血子放過我，重新開始做出門的準備。

呼……

這個可惡的病嬌蘿莉吸血鬼……

妳的屬性也未免太多了吧，拜託稍微控制一下自己好嗎？

再說，我跟梅拉也不可能擦出火花吧。

連我都是這樣了，要是有陌生女子接近梅拉，天曉得吸血子會對她做出什麼事情。

雖然目前還沒有出現那種女生，但未來可就難說了。

畢竟梅拉前途無量。

不但能力優秀，個性好，長相也不錯。

只要無視他是吸血鬼這點，應該沒有比他更好的對象了吧？

雖然是個一旦愛上就百分之百會被病嬌幼女索命的究極凶男就是了！

梅拉，你八成會犯桃花，但一定要斬掉喔。

我可不要因為被捲入感情糾紛而惹上血光之災。

唉……比起擔心將來的事情，現在得先想辦法解決眼前的問題才對。

要是把吸血子帶去，就必然得把剩下的人偶蜘蛛們也一起帶去。

因為人偶蜘蛛們姑且算是我跟吸血子的護衛。

不過這麼一來，只要不發生什麼大事，應該都不會有問題吧。

畢竟我會選擇出門，只是因為我有不祥的預感這個毫無根據的理由。

目的是在萬一有狀況發生的時候也能及時應對。

反過來說，最後也很有可能什麼事情都沒發生。
不過，凡事謹慎些總是沒錯的，就算謹慎過頭也無所謂。
萬一真的出了事，到時候就讓吸血子自己負責吧。
畢竟是她自己說要跟來的。
當然，我會注意別讓那種事情發生。
還有，雖然對不起匆忙準備的她，但我可還沒有要出發喔。
因為我還有名為轉移的外掛級移動手段。
而巴魯多軍還得花上好幾天才能抵達叛軍所在的北方城鎮。
在那之前，我可要好整以暇地待在這裡。

事情就是這樣。在巴魯多軍抵達的前一天，我們轉移來到北方城鎮了。
我決定提早一天過來，是因為覺得這樣比較方便做些事前調查。
你說那我為什麼不乾脆早點過來？
話雖如此，但能調查的地方，分體都已經調查過了啊~
我們來這裡，真的只是為了保險起見。
畢竟是因為我的直覺這種靠不住的東西才來的嘛。
所以，只要放鬆心情去做就行了。

我們就這樣在街上閒晃觀光……更正，是偵查才對。只不過，居民們看起來有些驚慌。
我想也是，要是有軍隊來到自家門口，任誰都會慌張。
而且叛軍本應是發動奇襲的一方才對，卻反過來在戰力尚未集結完畢的現在受到奇襲，他們應該是作夢都想不到吧。
為此，他們正快馬加鞭地努力提升城鎮的防衛能力。
看來叛軍似乎想要打守城戰。
這倒是出乎我的預料之外。
堅守這種防禦力薄弱的據點能做什麼？
雖然我是這麼想的，但我忘了某件事情。
那就是——這個世界姑且算是奇幻世界。
土魔法以驚人的速度製造出好幾道牆壁，團團圍住北方城鎮。
這可是連地球的現代建築技術也自嘆不如的絕技啊。
連秀吉都會大吃一驚的宏偉一夜城完成了。
雖然這只是座防衛設施，很難說是真正意義上的一夜城就是了。
然後，在火速趕往各地的信差知會之下，叛軍也將提早展開行動，聚集到這個北方城鎮。
叛軍正一步步地進行著開戰的準備。
不過，因為叛軍也想不到事情會變成這樣，所以不得不把土魔法師操到快要過勞死的地步，很難說這樣算是準備萬全。

軍心也動搖了。

只不過，一無所知的城鎮居民其實比士兵們還要動搖不安。

因為他們與叛軍毫無瓜葛。

其實自己住的地方早就變成叛軍的據點，而前來討伐的正規軍已經殺到門口了！

應該沒有比這更晴天霹靂的事情了吧。

因為不曉得自己會有什麼下場，他們當然會驚慌。

不過，這裡並非是在不知不覺中變成叛軍據點，負責治理這座城鎮的領主就是叛軍的首領。

沒錯，其實叛軍的首領就是這座北方城鎮的領主！

你……你說什麼！

不，這其實也不是什麼值得驚訝的事情。

叛變……而且還意圖正面迎擊象徵整個魔族的魔王，如果不是大人物或是笨蛋，絕對做不出這種事。

幸好這次的主謀是前者。

對知道內情的人來說應該算是後者才對。但如果不知道魔王的實力，自然會想要反抗魔王的方針。

因為魔族明明連要維持現在的生活都已經很艱難了，她卻說要與人族開戰。

身為負責治理一座城鎮的從政者，可不能隨便點頭同意這種方針。
因為領主有義務保護自己治理的城鎮。
這是我在魔族領地收集了情報後得知的事情，魔族的特權階級——也就是貴族之中，很少出現那種腐敗的傢伙。
雖然不是完全沒有，但他們至少比人族更認真地在盡貴族的義務。
而這跟魔族奉行實力至上主義有很大的關係。
魔族的貴族地位並非世襲。
一旦被人認定沒資格擔任貴族，其地位就會被毫不留情地剝奪。
因此，為了不愧對貴族的身分，魔族的貴族都會嚴格看待自己的義務與子女的教育。
他們會重視子女的教育，是因為就算自己沒出問題，貴族地位也有可能在子女那一代被剝奪。
如果身為貴族，就能握有相應的資金，然後用那些資金讓孩子接受英才教育。
貧窮家庭無力教育孩子，但只要讓孩子從小接受英才教育，他們就能輕易成為出色的大人。
然後，只要孩子夠優秀，貴族的地位就不會被人搶走。
對魔族來說，重要的不是血統，而是要繼承實力。
因此，魔族的貴族很少出現愚蠢的後代，大多都是些認真的傢伙。
就這點來推斷，這座北方城鎮的領主，也是個既優秀又認真的傢伙。

雖說只要見識過他至今的辦事手腕，就能對此有所體會了。

如果我沒有偷偷告密，根本不會有人注意到叛軍正在偷偷集結。

才剛得知討伐部隊正前往這裡，便迅速做出判斷，加強北方城鎮的防衛能力。

不但擁有能從各地招集叛軍的強大影響力，還擁有能以靈活的思考指揮現場的決斷力。實在很優秀。

千萬不能因為他向魔王挑戰，便以為他只是個笨蛋。

……雖然不能小看，但他果然還是走投無路了。

巴魯多軍中可是還有艾兒在啊。

她可是能力值破萬的怪物喔。

用土魔法做成的牆壁？

那種東西對艾兒來說就跟紙糊的一樣。

老實說，光靠那傢伙一個人，就足以擊潰這座北方城鎮了。

對真正的強者來說，戰術與戰略都只是無關緊要的東西。

面對無論如何都無法顛覆的戰力差距，不管指揮官有多麼優秀都毫無意義。

雖然魔王應該只是打算買個保險才讓艾兒一起來，但照理來說，這樣已經算是戰力過剩了。

不過，同樣戰力過剩的傢伙這裡還有三個就是了！

要是把吸血子跟我也算進去，戰力又會以倍數暴增！

過剩加過剩的結果，就是戰力飽和大爆炸。

雖然我也不知道自己在說什麼，但大致上就是這種感覺。

千萬別問我那到底是什麼感覺。

好啦，希望別發生那種讓戰力超級過剩的我們不得不出動的狀況。

結果到底會如何呢？

「開始了。」

我們一行人正在旅館的某個房間裡悠閒地開著茶會。

吸血子一邊優雅地喝著茶，一邊說出意味深長的話。

不，這句話其實也沒有什麼深意，就只是戰爭開始了的意思。

你說為什麼她人在旅館也能知道那種事情？

因為吸血子擁有萬里眼這個技能，不管是在室內還是哪裡，都能輕易看見周圍的狀況。

證據就是，吸血子的眼睛正盯著空無一物的房間牆壁。

如果不是吸血子的話，像這樣盯著屋裡空無一物的地方，還說出奇怪話語的傢伙，我會懷疑他是個中二病患者。

……不，吸血子的存在本身就充滿了中二味，所以這其實也沒什麼不自然的地方。

先不管這種無關緊要的小事了。

我也發動千里眼，看向北方城鎮外。

我看到由巴魯多率領的討伐軍正開始攻擊北方城鎮。

我還是頭一次在這個世界目睹這種大規模戰爭，雖然這麼說可能有些不妥，但我覺得有些興奮。

咦？你說我有參加過戰爭？

我在沙利艾拉國經歷的那件事與其說是戰爭，倒不如說是虐殺啦。

我也不是主動參戰，只是旁觀人類之間的戰爭，所以應該不算數吧。

只要把那當成是在看電影，應該就能稍微體會我的心情了。

因為不是隔著螢幕，而是在眼前真實上演，可謂魄力滿點。

根據我賦閒待在公爵宅邸裡時找來看過的書所說，這個世界的大規模戰爭的勝敗關鍵，似乎取決於名為大魔法的魔法。

技能魔法基本上分為三個位階。

以火系魔法來說，就是火魔法、火炎魔法與獄炎魔法。

這裡就簡單扼要地分成下位、中位與上位魔法吧。

而每個位階的魔法技能，又各自有著不同等級的魔法。

我們就把技能等級低的魔法分類為下級，中間程度的魔法分類為中級，最後學到的魔法分類為上級吧。

按照這種分類方式，我在神化前常用的暗黑槍，便算是上位中級的魔法。

而所謂的大魔法當然不可能是上位上級的魔法。

一般俗稱的大魔法是指中位上級的魔法。

那種東西哪裡算是大魔法了？

要是你這麼想，那就是被戰力通膨荼毒了！

追根究柢來說，能夠使用上位魔法的人幾乎不存在。

就算是中位魔法，如果不是菁英，就不太有辦法使用。說到魔法，一般人都只會想到下位魔法。

以神化前那個上位魔法用到飽的我為基準也未免太奇怪了吧！

就算是中位魔法，對人類來說也已經算是威力驚人。一旦被下位魔法直接擊中，也會受到致命傷。

這才是正常的標準。

因此，使用中位上級的廣範圍殲滅魔法，已經是人類能力的上限了。

而且就算是中位上級的魔法，也無法輕易發動。

就憑能力值沒能破千的弱小人類，想要獨自發動中位上級的魔法是很困難的。

而聯手合作這個技能這時就派上用場了。

數名擁有魔法技能的人，可以透過聯手合作這個技能，同心協力完成一記魔法。

這是什麼合體攻擊啊！太浪漫了吧！

然後發射出去的大魔法便能蹂躪敵軍，造成毀滅性的損害！

話雖如此，敵軍也不會對此坐視不管。

我是透過睿智的效果，把魔法的發動速度提升到極致，才有辦法隨手發動中位上級的魔法，但那是只有我才辦得到的事。

就憑那些如果不利用聯手合作這個技能結合眾人力量，就連想要發動魔法都有問題的傢伙，絕對不可能那麼快就發動魔法。

建構魔法不但需要時間，洩漏出去的魔力也等於是在告訴敵軍：「我們要發射大魔法了！」

因此，一旦敵軍發現施展大魔法的徵兆，就會盡全力前來阻止。

然後，就算是微不足道的妨礙，也能輕易破壞掉纖細的術式。

如果成功施展出大魔法，就能對敵軍造成重大的損害，但那並不是一件容易的事情。

所以，如果想要贏得戰爭，該如何用我軍的大魔法擊中對手，以及如何反過來破壞掉敵軍的大魔法，就成了一大重點。

因此，就對手能夠在防衛設施的保護下施展大魔法這點來說，攻城戰對攻擊方而言是相當不利的。

率領巴魯多軍的小混混會如何克服這個難題呢？

看來有好戲看了。

真是令人期待。

我滿心期待地靜觀戰況，但馬上就遇到了狀況，讓我不得不露出嚴肅的表情。

咦？

這種一面倒的戰況是怎麼回事？

叛軍的土魔法師們不眠不休拚命築起的城牆，因為一連串的爆炸被破壞殆盡了。

大魔法？

才不是。

這些牆壁全都是一個人破壞掉的。

一把劍刺進了城牆。

然後城牆就又開了一個大洞。

巴魯多軍的士兵們鑽過大洞殺進城內。

這麼一來，城牆就沒有用處了。

到處破壞城牆的人，不用猜也知道是鬼兄。

鬼兄擁有能夠創造魔劍的外掛技能。

而那個魔劍創造技能的產物，就是會爆炸的魔劍。

簡單來說就是炸彈嘛。

而他就是用那種魔劍在城牆上到處亂炸。

不但有著一發就能在城牆上轟出大洞的威力，而且只要隨手一丟就能造成這種損害，所以叛軍完全無法應對，只能任他宰割。

這也難怪，因為如果是發動速度慢的大魔法，那應該還有辦法提防並阻止，但鬼兄的魔劍只要丟出去就能發動。

把急速飛來的劍擊落這種絕技可不是隨便就能辦到的，而且就算擊落了，下一把魔劍也會立刻飛過來。

叛軍現在心中應該很絕望吧。

哎呀，鬼兄真是太可怕了。

不過仔細想想，雖說憤怒這個技能被吸血子封印了，但其他技能都還能任意使用。

換句話說，創造魔劍的技能也能照常使用。

然後，雖說憤怒遭到封印，讓他的能力值降低了，但吸血子曾經說過，他在發動憤怒的狀態下，物理攻擊力超過兩萬。

憤怒的效果是讓能力值提升十倍。

也就是說，就算是原本的狀態，他的物理攻擊力也超過兩千。

跟能力值沒有破千的尋常魔族相較之下，光是基本能力就不在一個等級。

不但擁有能創造魔劍的轉生特典外掛技能，還有著超過兩千的能力值。

雖然比不上艾兒與梅拉，但依然有著足以一夫當關的實力。

嗯。看來是期待看到勢均力敵的攻城戰的我誤判局勢了。

所以我才討厭外掛仔……

「嘖！那個慢郎中到底在幹嘛？竟然到現在都還突破不了那種程度的防禦。他該不會是看不起對手吧？」

吸血子似乎對鬼兄的表現感到不滿。

不對吧，鬼兄明明已經獨自一人擊潰敵軍防線了，妳還覺得這樣不夠？

話說回來，妳明明就討厭鬼兄，看到他的表現不夠活躍卻又會生氣，這到底是怎麼回事？

真搞不懂吸血子的標準。

是因為那個嗎？

是那種看到宿敵不爭氣就不爽的感覺嗎？

那種跟某位宇宙戰鬥民族一樣的想法是怎麼回事？

……所以我才討厭戰鬥狂。

像我這樣的和平主義者實在是很難理解那種人。

嗯……

不過，目前的戰況太過順利，看來是不需要我出場了。

乍看之下，戰場上也沒有行動可疑的部隊。

除了到處搞破壞的鬼兄以外，眼前就只有雙方用魔法對轟，或是守軍努力逼退爬上城牆的士兵這類尋常攻城戰會上演的光景。

雖然早在出現魔法的那一刻，就已經很難算是尋常了。

叛軍裡那支正在施展魔法攻擊的長袍部隊還挺厲害的。

明明是雙方互相攻擊，卻幾乎都能單方面取得優勢。

雖然這一方面也是拜城牆所賜，但看來每位士兵的實力也都很強。

不管是魔法的發動速度還是威力都勝過巴魯多軍的魔法兵。

那身有如魔法師般的長袍可不是穿好看的。

不過，巴魯多軍也就只有在那一處陷入苦戰。以鬼兄打穿的洞為起點，叛軍那方的戰線已經開始崩潰。

不管長袍部隊多麼努力奮戰，也無力扭轉劣勢。

因為長袍部隊頂多就是稍微有點強，沒有鬼兄那種外掛級的戰力。

嗯……

看來應該能正常地打贏這一戰吧。

我的預感出錯了嗎？

不過，出錯其實也是好事。

像這種不祥的預感，出錯了反而更好不是嗎？

哈哈哈……

……越是不祥的預感，就越是不會出錯啊～
我暫時從戰場移開視線，注視著某一點。
叛軍大將正在領主宅邸的某個房間裡自言自語。
他似乎相當焦急，嘴巴滔滔不絕地說個不停。
「我希望你立刻派遣援軍過來，只要利用那種轉移陣就辦得到不是嗎？就算人數不多也行。再這樣下去，這座城鎮就要被攻陷了！」
好的，他說的話我都聽到了。
負責偷聽的當然是躲在房間裡的分體。
手中明明握有這麼好用的分體，我才不會蠢到不去掌握敵方大將的動向。
我一直都有派分體整天跟在旁邊監視他。
話雖如此，對方也不是省油的燈。
這名男子不愧是戰略要地的領主，他似乎隱約察覺到了分體的存在。
也許是擔心自己受到監視，他一直沒有做出會被人抓住狐狸尾巴的事情。
因為這個世界有著技能之類的東西，要監視別人遠比我原本所在的世界還要來得容易。
事實上，雖然不是用技能，但我也正在用分體監視他。
所以，雖然他應該有所防備，但局勢已經到了這種地步，他也顧不得那麼多了吧。
對話的內容是請求援軍。

雖然轉移陣這三個字讓我有些在意，但更讓我在意的是那傢伙手裡的東西。

他拿在耳邊的那東西，跟地球上的手機非常相似。

那應該不是魔法道具吧？

魔法道具是灌注了技能之力的道具。

雖然需要用到技能附加這個技能，但能因此讓道具得到技能之力。

所以，那個看似手機的東西，或許就是藉此附加上遠話技能之力的魔法道具。

可是……

像這樣做出自己期望的解釋是不行的。

沒錯，那八成是妖精所製造的機械。

不是用技能製造出來，卻又有著不下於魔法道具的性能的機械。

那種東西就只有妖精做得出來。

這麼看來，他用那種機械通話的對象，必定會是妖精……

嗯。看來這肯定是件麻煩事了。

從以前到現在，凡是跟妖精……正確來說，是跟波狄瑪斯扯上關係的事情，有哪一件是不麻煩的嗎？

沒有！

從這瞬間開始，我那不祥的預感就可說是完全命中了。

唉……

真想大大地嘆口氣。不，其實我已經嘆氣了。

雖然很麻煩，但要是放著不管，事情只會變得更麻煩。

好，重新振作起來，去處理這件事吧。

這個城鎮裡目前還沒出現那種可疑的傢伙。

雖然我只是大致看了一圈，所以可能有所遺漏，但至少沒發現形跡可疑的集團。

負責守城的那些士兵之中，看起來也沒有混進特別厲害的傢伙。

如果波狄瑪斯真的想干預這場戰爭，不管鬼兄的實力有多麼作弊，也會反過來被更強大的外掛兵器擊敗。

由此看來，我是不是能認定波狄瑪斯那夥人還沒來到這個城鎮？

如果是這樣的話，領主剛才提到的轉移陣就很令人在意了。

所謂的轉移陣，就是灌注了空間魔法之力的魔法陣。

這可不是機械，而是一種貨真價實的魔法道具。

只要把成對的魔法陣設置在兩個地方，就能用轉移術把那兩個地方連接起來。

不但只能前往特定地點，而且因為是魔法陣，所以也無法搬動。

比起原本能夠任意轉移到術者去過的地方的長距離轉移術，可說是非常不好用。

可是，會用空間魔法的人似乎非常稀少，沒辦法每次都拜託他們。

而且由於ＭＰ與術者能力上的問題，想要一次轉移好幾個人是相當困難的事情。

就這點來說，轉移陣只要在使用時灌注ＭＰ，就任何人都能使用，也有辦法進行多人轉移。

雖然雙方各有千秋，但在用來聯繫重要地點的情況下，轉移陣比較優秀。

可是，事情不太對勁。

我剛才也說過，會用空間魔法的人超級少。

而且建立轉移陣還需要用到技能附加這個技能。

事實上，擁有技能附加這個技能的人也很罕見。

雖然比起會用空間魔法的人還算是多的了。那麼同時擁有空間魔法和技能附加的人呢？當然是超級稀少。

稀少到只要是會製作轉移陣的人材，就必定會受到國家嚴格保護的程度。

簡直就是人間國寶。

而那些人間國寶一生中似乎只能做出屈指可數的轉移陣。

這些全是我在文獻上看到的知識。

據說現在的魔族領地似乎沒有會製作轉移陣的人。

那種人一百年都不見得會出現一個。

因此，儘管很方便，但轉移陣的數量非常少。

要是到處都有轉移陣，這個世界早就發生交通革命了。

畢竟我們也是花了好幾年，才從這塊大陸的南方移動到位於北方的魔族領地。
如果有轉移陣的話，我們當初就能在一瞬間完成移動，其效果可說無法估量。
……嗯？
轉移陣，我應該做得出來吧？
畢竟可以用空間魔術來代替空間魔法，我在神化以前也擁有技能附加這個技能，我應該可以重現吧？
嗯……話說回來，這應該不是只限於轉移陣吧？
只要我想做，也能製造出可以把道具存放在異空間裡的魔法袋，或是像○美拉之翼那樣可以讓人轉移到特定地點的逃跑道具不是嗎？
這個主意好像不錯喔。
不過，現在先把這件事擱到一邊吧。
問題在於這裡的領主提到了本應超級稀有的轉移陣。
這個城鎮裡應該沒有設置轉移陣才對。
因為轉移陣是光是存在就擁有戰略價值的東西，國家都會徹底掌握其位置並加以管理。
既然國家沒有紀錄，就表示那是擅自製作的東西對吧？
從領主的話來推測，轉移陣的另一端應該是妖精的某個據點吧？
而那個轉移陣就藏在這座城鎮的某處。

嗯……

我該怎麼辦才好？

還有，對方到底會怎麼做？

波狄瑪斯跟這裡的領主掛鉤的理由，我不用想也知道。

他八成是想藉著叛變，對魔王陣營造成打擊吧，即使只會有一點點的損害也沒關係。

主謀是叛軍，而妖精只是提供些許援手。

所以，雖然這場叛變擺明了會失敗，但妖精也不會受到太大的損失。

妖精向叛軍伸出援手，只是想扯魔王的後腿。

感覺就是波狄瑪斯會喜歡的做法。

可是，在叛軍反過來受到奇襲的現在，波狄瑪斯的陰謀可說是幾乎失敗了。

別說是扯魔王後腿了，叛軍甚至被打得毫無招架之力。

在這種情況下，波狄瑪斯會怎麼行動？

……還是乾脆就不行動了？

如果事到如今還想挽回局勢，就算是波狄瑪斯，也得付出相當大的代價。

而一旦波狄瑪斯那麼做，就會被魔王發現是他在暗中搞鬼。

對於想要利用叛軍的計畫暗中行動的波狄瑪斯來說，那可不是個好主意。

因為那傢伙是個只會等待敵人露出破綻，喜歡在關鍵時刻給敵人致命一擊的卑鄙小人。

他應該不想蠻幹才對。
如果他想蠻幹的話應該早就這麼幹了，也不會做幫助叛軍這種多此一舉的事情。
然後，考慮到波狄瑪斯的個性，那傢伙接下來會採取的行動八成是撤退。
畢竟再這樣下去只會白白損失棋子。
那傢伙並不在意棋子被捨棄，但他應該無法容許出現損失大於收穫的狀況。
就算要捨棄棋子，如果不能取得某些成果，他也無法忍受。
既然如此，那他應該會立刻退出這場必敗的戰爭，把妖精也牽扯其中這個事實葬送在黑暗之中。
如果是這樣的話，他會做的第一件事，就是撤除轉移陣。
雖然轉移陣既貴重又方便，但前提是出入口得位在己方陣地之內。
如果其中一邊被敵人占領，敵軍就有可能利用轉移陣殺過來。
雖然我猜設置在這個城鎮裡的轉移陣應該並非直接通往妖精的根據地，但肯定是通往他們的據點。
如果要消除該據點遭到攻打的風險，就只能不計損失，破壞掉轉移陣了。
總之，就算我們什麼都不做，那些傢伙也會自己撤退。
只不過，以收支平衡的觀點來說，不得不破壞掉轉移陣是個損失。
而討厭那種事的波狄瑪斯，很可能會在撤退之前放出一記冷箭。

以現況來說，顯眼到不行的鬼兄可能會成為他的目標。

嗯。波狄瑪斯有可能會做的事情，我大致都猜到了。

這麼一來，我該優先採取的行動，就是保護鬼兄。

就算鬼兄比魔族還要強，也敵不過波狄瑪斯派出的刺客。

所以，要是我不過去支援，他就會被殺掉。

在最糟糕的情況下，不光是鬼兄，甚至連梅拉與艾兒都有可能遇害。

雖然我覺得艾兒應該不至於會被幹掉，但對手畢竟是那個波狄瑪斯。

絕對不能掉以輕心。

至於巴魯多與小混混，在最糟糕的情況下，就算要捨棄掉也行。

不過，他們兩個畢竟是魔族的大人物，如果情況允許，我不想捨棄。

……嗯。可是，如果只有這樣，是不是有點無趣？

我們之前一直被波狄瑪斯惡整，也差不多是時候讓他嚐點苦頭了吧？

雖然就算說是要讓他嚐點苦頭，那傢伙的本體依然躲在根據地，不會受到任何損害就是了。

即使如此，只要讓他意圖扯魔王後腿的計畫完全落空，那傢伙應該還是會不爽吧。

嗯。一味防守果然是不行的。

偶爾也得主動出擊才行。

既然要主動出擊，就得先找到轉移陣……啊，找到了。

同時發動透視與千里眼找了一下後，我在領主宅邸的地下室裡發現了轉移陣。

因為那是間密室，所以只靠分體是找不到的。

轉移陣看起來似乎沒壞。

不過，要是轉移陣的另一端已經被破壞，那我也束手無策了。

萬一真的是那樣的話，就只能放棄了。

我把剩下的茶一飲而盡，站了起來。

「妳要出手？」

聽到吸血子的問題，我點了點頭，然後才想到得想辦法處理這些傢伙。

讓她們跟我一起行動實在太危險了。

畢竟我是要殺進敵陣。

這樣我就得把她們丟在這裡了，但如果要這麼做的話，還不如乾脆讓她們去掩護鬼兄。

問題在於，我到底該怎麼說出這樣的想法呢！

稍微煩惱了一下後，我用幻覺在桌上投影出鬼兄的影像。

呼呼呼……其實我還練成了這種小技巧。

幻覺是一種外道魔法，而那種魔法是直接對對方的大腦產生作用，使對方出現認知錯誤，而我所使用的幻覺是直接在空間中投影出影像，所以原理並不相同。

雖然我起初也想依照外道魔法的原理去做，但那種做法的難度太高，我就改用這種做法了。

外道魔法真是太威了。

以吸血子為首的幼女們因為出現在桌上的迷你鬼兄影像而僵住了身體。

呼呼呼……很厲害吧。很厲害對吧？

得意也該有個限度。覺得心滿意足後，我加入波狄瑪斯的影像，讓他襲擊鬼兄。

然後又把吸血子她們加進去，把波狄瑪斯的影像暴打一頓。

於是可憐的波狄瑪斯就被打成豬頭了。完。

「呃……妳的意思是，波狄瑪斯就躲在這裡，想要對付那傢伙？而妳希望我們去阻止這件事？」

妳真是太聰明了！

我點頭肯定吸血子的說法。

「然後呢？這段時間妳要做什麼？」

唔……她問了個很難回答的問題。

該怎麼回答呢……對了。

這是少女的祕密。

我把食指擺在嘴邊，試著蒙混過關。

「妳這是什麼意思？又想把我排除在外嗎？」

可是，吸血子無法接受這個回答。

而且心情急速惡化。
小姐，妳最近是不是太容易生氣了？
還有，我並不覺得自己有經常把吸血子排除在外啊？
再說，在這種狀況下，妳還要我這個不擅長說話的傢伙慢慢解釋？
雖然現在還不到火燒屁股的時候，但時間也不是非常充裕。
在這種時候聽到吸血子耍任性，讓我覺得很困擾，而且一肚子火。
「「「……！」」」
「咦？等一下！妳們想幹什麼！不要……！」
也許是察覺到了我的怒氣，人偶蜘蛛三人組把吸血子扛了起來，慌忙地撤離現場。
她們三個人一起壓制住死命掙扎的吸血子，迅速把人綁架帶走的模樣，讓我感受到專家的技術。
不愧是披著幼女皮的蜘蛛。
嘴巴被絲封住，身體也被五花大綁的吸血子無力掙脫。
總之，我揮了揮手，目送她們離去。
雖然被扛走的吸血子用怨恨的眼神看著我，但原本就是她要擅自跟來的。
妳就把那份怨氣發洩在叛軍與妖精身上吧。
揮手目送幼女們出發後，我把留在桌上的茶與甜點收拾乾淨。

只要把東西交給住在異空間的分體，牠們就會自己吃掉了。

浪費食物可不是好事喔。

好了，這樣那邊應該就沒問題了吧。

只要別出現太大的變數，我不認為敵人對付得了加上艾兒的人偶蜘蛛四人組。

更何況那邊還有吸血子。

既然如此，那我也來大幹一場吧。

我用轉移前往藏有轉移陣的祕密地下室。

雖然沒用過轉移陣，但就算是神化後的我，也能正常使用魔法道具，這我已經實際驗證過了。

只要改用能量代替ＭＰ，直接灌注進去就行了。

事實上，ＭＰ本來就是一種能量。

只是名稱不同，本質上都是一樣的，所以魔法道具也能正常運作。

因此，只要把能量灌注進這個轉移陣，如果成對的另一個轉移陣沒有被破壞，理論上就能夠使用。

我觸碰轉移陣，試著把能量灌注進去。

感受到轉移陣有了反應後，我有種想要跟壞人一樣露出奸笑的衝動。

不，我才不會那麼做呢。

我注滿能量，啟動轉移陣。

熟悉的轉移發動了。

只不過，不同於自己施展轉移的時候，我覺得有些不舒服。

這就跟坐別人開的車的時候，會比自己開車的時候更容易暈車是一樣的道理。

仔細想想，這就跟被別人施展的轉移硬丟到另一個空間一樣，就算感覺會很奇怪也是沒辦法的事情。

因為我以往都是自行轉移，所以無法體會。

要是連續轉移的話，會不會頭暈啊？

不，就算沒有轉移，只要扭曲空間，應該就會讓人頭暈了。

就在我想著這些事情的時候，轉移結束了。

「我現在就派人過去，但你可別期待這些戰力能作為援……軍……」

眼前景象因為轉移而切換，在那個瞬間，一對男女偶然碰上了。

雖然這種說法聽起來像是戀愛的開端，但很可惜，我們是死對頭。

把狀似手機的東西放在耳邊的波狄瑪斯在我眼前僵住不動。

人遇到突發狀況都會停止思考。

就算是波狄瑪斯似乎也不例外。

很好很好。

「……」

「……」

先攻必勝拳～！

「咕哇！」

鬼　盡我所能

在魔族領地甦醒後，我的日子過得十分安穩。

因為我的保護者是在魔族領地中特別富裕的公爵家，所以生活上沒有任何不便的地方。

還在哥布林村的時候，光是要活過每一天都得拚盡全力，戰士們都是賭上性命才取得食物。

相較之下，我明白這種食衣住行完全無虞的生活實在是非常奢侈。

可是，我不能一直依靠別人的施捨過活。

雖然我被憤怒支配，差點就要沒命了，卻還是幸運地恢復了理智，撿回一條命。

既然還活著，那我想要拚盡全力去做自己力所能及的事。

我透過魔王愛麗兒小姐的關係加入軍隊，在軍中發揮長才。

這是能讓我獨立自主的最快方法，對於目前只有戰鬥能力這個優點的我來說，這是份條件不錯的工作。

於是，我離開原本寄居的公爵宅邸，投靠軍隊。

在戰鬥能力上，我毫無問題。

即使憤怒這個技能被蘇菲亞小姐封印，我的能力值似乎依然高於他人。

再加上我還有能用武器鍊成創造魔劍這個優勢。

身為軍隊指揮官的布羅將軍不知為何很中意我，讓我相當順利地融入了軍隊。

只不過，我還有個無論如何都得克服的課題。

「大魔法。妨礙遠距離投擲。」

「大魔法。妨礙遠距離投擲。」

軍隊裡的同事緩緩將話語說出口，我也跟著複誦一遍。

我現在在做的事情是練習說話。

我還不太會說魔族的標準語，也就是魔族語。

我的故鄉是哥布林村。

平常使用的語言當然是哥布林語。

雖然我在被布利姆斯拘束的期間學會了人族語，但魔族語跟人族語和哥布林語都不一樣。

如果連日常對話都辦不到，就沒辦法在軍中工作。

雖然軍中也有會說人族語的人，但我果然該入境隨俗。

在公爵宅邸寄居的期間，親切的僕人們也有教我魔族語，讓我至少能夠應付日常對話。

可是，我還沒能完全記住那些專業術語。

因為在軍隊裡服役，我必須記住軍隊常用的陣形與戰術之類的術語才行。

於是，我拜託親切的同事，像這樣在空閒的時候教我魔族語中的軍用術語。

雖然我不認為學習語言有那麼容易，但總是得踏出第一步。
不過，我的決心卻撲了個空。
「大概就是這樣。常用命令你差不多都記住了吧？」
「是啊。」
聽到對方說出魔族語，我同樣用魔族語回答。
我的腔調很奇怪，雖然簡單的問答還行，但要說出一大段話就有困難了。
不過，如果只是聽的話，就算別人在對話中摻了軍用術語，我也能夠大致理解他們在說什麼。
雖然學會日常對話時也是這樣，但我學習的速度快到連我自己都嚇一跳。
我能夠在這麼短的時間內學會魔族語，有幾個重要因素。
首先是記憶這個技能。
記憶這個技能可以加強記憶力，雖然效果不起眼，但非常實用。
記憶力在學習上是相當重要的能力。
如果別人說過的每一句話都能記得，就能藉此學習語言。
我的記憶力好到連自己都驚訝的地步。
如果我前世也有這麼好的記憶力，考試應該就會變得更容易應付了吧。
雖然我前世時只會說一點學校教過的英語，但現在卻成了能說好幾種語言的多語言者。

人生還真是難以預料。

而那段前世的記憶，也成了我能順利學會魔族語的重要因素之一。

學過日語和英語這些不同的語言，在異世界似乎也能派上用場。

只要在國文課上學過主語和述語這些概念，並且在英文課上學到不同於日語的文法，便能將那些概念也套用在異世界語上。

身處在無法接受教育的立場後，我才明白日本的教育制度有多麼進步。

此外，魔族語和人族語差異不大也是一大原因。

不但文法類似，有些單字也是重複的。

這應該不是偶然吧。

考慮到魔族與人族的起源，我猜這兩種語言應該是從同一種語系分別演化而來的。

抑或是以一種語言為核心，夾雜了許多種語言，在漫長的歷史中歸於統一也說不定。

想到這裡，我就覺得魔族語中或許也充滿了歷史的足跡。

「對了，布羅大人最近好像也拚命在學人族語。不過，他學得似乎不太順利。」

正當我忙著遙想魔族語的歷史時，同事不經意地說出這句話。

想起其中緣由的我不由得苦笑。

看來拜託蘇菲亞小姐翻譯的那件事讓他相當不爽。

不過，這事關布羅將軍的名譽，我不打算說出這件事。

更何況事情還是因我而起。

對此，我對他感到有些過意不去。

「啊，看到了。」

同事看著前方如此說道。

我跟著看向前方，在遠方看到有如城牆般的東西。

「敵軍築起城牆了，看來他們似乎想打守城戰。」

我們目前正以軍隊的身分採取行動。

進軍地點是據說有叛軍潛伏的北方城鎮。

然後，彷彿要證實情報是正確的一般，原本不存在的城牆團團圍住了城鎮。

「看來這會是一場硬仗。」

同事露出緊張的表情。

面對這場加入魔王軍後的首戰，同時也是憤怒被封印後的首戰，我也稍微緊張了起來。

「突擊！突擊！」

分隊長的吶喊聲四處迴盪，像是要蓋過那道聲音一樣，激烈的怒吼聲與戰鬥的聲響響徹雲霄。

周圍充滿著令人渾身刺痛的緊張感，而敵我雙方身上發出的熱氣，彷彿要把這一切全都吹散。

那是燃燒著生命的火焰。

在賭上性命的戰場上，他們互相爭奪彼此的生命。

敵軍被同伴的劍斬斷骨肉，熟識的同事一邊流著血，然後身體變得僵硬。

如果是在前世的話，這將會是我未曾見過的地獄光景。

然而……

「就只有這點程度嗎？」

我無意中脫口說出這句話。在別人耳中，這口氣應該十分冰冷吧。

如果只是冰冷的話，這種口氣或許反倒適合這個戰場。

只不過，我很清楚自己的口氣中洩漏出了失望之情。

在自言自語的同時，身體的動作也沒有停下。

我使用空間魔法中的空納，也就是近似於道具箱的技能，取出存放在裡面的魔劍。

雖然憤怒這個技能被封印了，但我天生擁有的武器鍊成技能與其他技能都能自由使用，等級也提升了。

在練習魔族語的同時，我還提升了空間魔法的等級，不斷累積魔劍的存量。

我原本還擔心這些努力是否管用，但那也已經是過去式了。

丟出的魔劍刺進城牆，猛然爆炸。

不愧是用魔法之力打造的城牆，防禦力強到不像是急就章的產物。

可是，就連那麼堅固的城牆，都因為魔劍的爆炸而崩塌了。

然後，我方士兵殺進城牆上開出的洞，不斷攻破敵軍的防線。

看來我的魔劍十分管用。

不，別說是管用了，在單兵戰鬥中，火力可說是強過頭了。

不但能夠輕鬆破壞城牆，還順便炸飛了躲在後面的數名叛軍士兵就是最好的證據。

……我原本以為這種量產型炸裂劍只能用來牽制敵人，沒想到居然會有這樣的威力。

看來我似乎遠比自己想的還要厲害。

雖然我在軍隊的訓練中就隱約察覺到這個事實，卻沒想過會有這麼大的差距。

作為提升了生產數量的代價，量產型炸裂劍的威力降低了。

用魔劍鍊成技能創造出來的魔劍品質，取決於創造時灌注的ＭＰ的量。

我目前創造出的最棒的魔劍，當然是幾乎灌注了所有ＭＰ的極品。

相較之下，量產型炸裂劍只是我因為捨不得浪費ＭＰ全滿後，那些因為自動恢復而多出來的ＭＰ，才隨手打造出來的東西。

而我隨手打造出來的東西居然可以讓我軍取得這麼大的優勢。

當然，炸裂劍並不弱。

把原本能一直用到壞掉的魔劍透過自毀來提升威力，因為這樣的特性，就其ＭＰ消耗量而言，炸裂劍的威力算是非常大的。

而且雖然製作費時，但使用魔劍不同於使用魔法，不需要詠唱的時間，在戰鬥中具有很高的效率。

不過，就算考慮到這些優點，我也無論如何都想像不出量產型炸裂劍對敵人造成有效打擊的景象。

面對姿態優美，卻受到堅硬鱗片保護的冰龍時，炸裂劍完全無法造成傷害；面對雖然身材嬌小，卻兼具壓倒性速度與力量的少女時，炸裂劍甚至無法將她捲入爆炸之中。

我隱約想起了自己受到憤怒支配時戰鬥過的對手。

雖然沒辦法完全想起來，但腦海中還留有那些戰鬥的片段記憶。

以及她們的強大。

正因為有那段記憶，我才會認為現在這個因為憤怒被封印而大幅弱化的我很弱。

可是，我必須修正自己的認知。

不是我弱。

是她們太強了。

然後，以一般的標準來說，就算是弱化的我，似乎也還是相當強大。

因為不知道變弱的自己還有多少戰力，讓我一直都很緊張，就算現在會感到失望應該也是沒辦法的事吧。

我會失望的原因也不是只有這樣。

我拿出新的炸裂劍，丟向城牆加以引爆。

城牆被單方面破壞掉，叛軍也受到了壓制。

但他們並非毫不抵抗。

在敵人的拚死反擊之下，也有些同事因此喪命。

我看到在路途上教我魔族語軍用術語的同事身影。

背部插著刀刃俯臥在地上的他，已經不會再爬起來了。

他死了。

即使在這個有著ＲＰＧ般系統的世界……不，正因為是在這個世界，才沒有可稱作是恢復魔法的標準配備的復活魔法。

換句話說，一旦死掉就完了。

已經死掉的同事不會復活。

然而，我內心的動搖比自己想的還要小。

親眼見到對我很好，而且如字面所示同吃一鍋飯的同事死去，我的心卻沒有太大的動搖。

真不曉得我是該開心自己的內心並非毫無動搖，還是該感嘆自己變得冷酷了。

比起前世的我，又或者該說，比起哥布林村時代的我，現在的我冷酷多了。

不但變得對殺人這件事毫無猶豫，就算見到熟人被殺，也不太會受到太大的打擊。

我並沒有完全看開。

不過，我想這肯定是因為我早已下定決心。

在這個世界活下去的決心。

只不過，雖然下定決心是好事，但我到現在都還不曉得自己到底能做什麼。

「比起那種事情，現在得先專心面對眼前的戰鬥。」

雖說感到失望，但在戰鬥時失去注意力並非好事。

我刻意出聲提醒自己，重新打起精神，將目光移向戰場。

迅速環視周圍後，我發現就只有城牆的其中一角遭到了相當激烈的抵抗。

從城牆上放出的無數魔法，對試圖接近的士兵們造成了重大的傷亡。

猛然一看，我發現那些魔法的威力與連擊速度都跟其他地區完全不一樣。

看來那裡似乎是由叛軍的主力魔法部隊負責鎮守。

利用我用炸裂劍在城牆上轟開的洞，其他地區的友軍都順利地攻進去了。

要完全攻陷城鎮也只是時間的問題吧。

既然如此，與其對有可能波及友軍的地區展開追擊，我不如前去攻打那個還沒打下的地區。

我從空納中取出新的炸裂劍，朝向抵抗依然激烈的城牆一角扔了過去。

雖然有一段距離，但憑我現在的能力值與投擲技能的等級，應該丟得到才對。

可是，飛過去的炸裂劍被從城牆內側放出的魔法擊中，在千鈞一髮之際被引爆了。

只要能再稍微靠近一些再爆炸，就可以對城牆多少造成一點損傷了。
真可惜。
不過，能夠得知那裡有著能夠把飛過去的炸裂劍攔截下來的魔法師，也算是有收穫了。
那傢伙似乎挺厲害的。
只不過，比起我在人族領地遇到的老魔法師，還是遜上一截。
如果是現在這個比對付那位老魔法師時還要更強的我，這裡的魔法師們不會讓我感到太大的威脅。
話雖如此，既然憤怒這張王牌已經被封印，那我就不能掉以輕心。
因為在這個世界，人會輕易地失去生命。
所以，雖然可能會用力過猛，但我一點都不打算手下留情。
我接著取出兩把炸裂劍，同時扔了出去。
然後衝向城牆。
在奔跑的同時，也不忘再次取出新的炸裂劍。
雖然一邊移動一邊使用空納是件頗為困難的事情，但要是辦不到的話，我儲存的大量魔劍——這些重要的武器就等於是英雄無用武之地。
幸好空納不同於其他空間魔法，在操縱上較為容易，只要做過練習就能勉強辦到。
只不過，從空納取出魔劍依舊很費力，會讓我在一瞬間露出破綻。

我最後的目標是練到可以像呼吸般自然地取出或放入魔劍，但那還是很遙遠的事情。

可是，即使會露出破綻，現在的我依然能夠從容應付。

我扔出的兩把炸裂劍在抵達城牆前就被打下。

剛才扔過去的炸裂劍似乎讓敵人提高了警覺，我這次明明多丟了一把，卻在離城牆更遠的地方就被擊落。

不過，也就只是這樣罷了。

敵人似乎沒有餘力對付衝向城牆的我。

利用這個機會，在奔向城牆的同時，我不斷擲出炸裂劍。

我一邊奔跑一邊從空納取出炸裂劍，然後丟向敵人。這種高難度的動作，我實在沒辦法左右手同時做，所以一次只能丟出一把炸裂劍。

雖然攻擊次數減半了，但隨著時間經過，我離城牆越來越接近，炸裂劍的飛行距離也會變短。

只要距離變短，炸裂劍抵達城牆的時間就會變短。

換句話說，敵人能夠攔截的時間也會變短。

發動魔法需要時間。

如果要擊落飛過來的東西，就需要耗費更多的精神。

相較於只要投擲就行的炸裂劍，對方不但需要時間才能發動魔法，還必須精準地擊落飛過來

的炸裂劍，可說是我占了優勢。

由於我也必須使用空納，所以差距實際上並沒有那麼大，但是對還得應付其他士兵的叛軍來說，這些微的差距應該相當致命才對。

如我所料，我丟過去的炸裂劍數量越多，對方就越是無力攔截，最後終於在城牆附近爆炸了。

雖然逃過被直接擊中的命運，但爆炸的餘波還是讓城牆上出現些許裂縫。

比起看得到的損害，在城牆後方戰鬥的叛軍肯定受到了更大的打擊。

爆炸氣浪應該會從用來發射魔法的縫隙鑽到牆後，要是在那種近距離下聽到爆炸聲，聽力也會受到影響。

這樣應該會讓敵人陷入不小的混亂。

雖然這些都無法造成直接的傷亡，但是對需要集中注意力的魔法師來說，也絕對不是什麼小傷。

而我這個人並沒有溫柔到會放過這樣的機會。

緊接著扔過去的炸裂劍沒有被魔法攔截，就這樣刺進城牆炸了開來。

城牆崩塌了。

躲在城牆後方的叛軍也一起被捲入了炸裂劍的爆炸之中。

然後，當揚起的塵埃散去時，我已經抵達剛才還是城牆的那個地方，走了進去。

手上拿著近身戰用魔劍。

有別於用過就丟的炸裂劍，這可是我幾乎耗盡ＭＰ完成的傑作。

右手是炎刀，左手是雷刀。

只要灌注ＭＰ，就能瞬間施展出威力不亞於炸裂劍的火焰與雷電攻擊，是我的其中一張王牌。

理論上，一旦被敵人靠近身邊，魔法師就無法發揮實力。

雖然我的魔法系能力值其實高過物理系能力值，但那是因為武器鍊成必須耗費大量ＭＰ，才會自然變成這種結果。

利用這些充足的ＭＰ製造魔劍，在用魔劍打近身戰的同時，還能迅速發動威力高過魔法的一擊──我自認這才是我的長處。

因此，只要能夠接近敵人，我就贏定了。

我迅速環視周圍，把那些因為爆炸而死去，或是身受重傷動彈不得的傢伙擺到一邊，襲向身旁那些看起來沒受什麼傷的敵人。

「呀啊啊啊！」

「慢……慢著！」

披著兜帽的傢伙們毫無抵抗之力，只能就這樣被我接連斬殺。

雖然我覺得那是魔法師的正確打扮，但這個世界並沒有穿上鎧甲會讓魔法威力減弱之類的限制。

事實上，某些傢伙也在兜帽長袍底下穿了鎧甲。

但他們不知為何全都戴上兜帽，遮住了臉孔。

儘管感到狐疑，我也沒有停下揮刀的手以及前進的腳步。

不久後，一名腦袋被砍飛的兜帽男子人頭落地，露出藏在兜帽底下的臉孔，讓我知曉了這些傢伙的真實身分。

正確來說，不是因為臉孔，而是因為耳朵。

「妖精？」

男子的耳朵跟人族與魔族的都不一樣，又長又尖。

跟傳說中的妖精特徵完全相符。

雖然詳細情況我不是很清楚，但魔王愛麗兒小姐似乎跟妖精處於敵對狀態，當我幾乎被憤怒支配的時候，也曾經意外與妖精有過一戰。

這些妖精為何會在這種地方跟叛軍並肩作戰？

雖然不是很清楚其中緣由，但我該做的事情不會改變。

只要打倒敵人就行了。

「笹島同學！」

然而，一道聲音讓我停手了。

我聽到有人呼喚我早已捨棄的前世名字。

「拜託你住手！」

我舉起不知不覺停住不動的刀子。

然後，一道嬌小的人影鑽進正要被殺死的兜帽男子和我之間。

我不認識這位拿下兜帽的妖精小女孩。

不，我想起來了。

我記得當我在人族領地，把一群妖精誤認為是正在埋伏我的人族集團，將他們殺得潰不成軍時，好像見過這樣的女孩。

當時好像也有人呼喊我的名字。

因為憤怒的影響，我的意識混濁不清，害我以為那是幻覺與幻聽，看來事情並非如此。

「報上名來。」

我一邊將刀尖指向妖精少女，一邊用日語質問她。

早在知道我前世的名字時，我就大致猜到對方的身分了。

問題在於，她是其中的哪個人呢？

「岡崎……岡崎香奈美。」

面對我用日語說出的問題，她也用日語回答。

那種流暢的日語絕非臨陣磨槍就說得出來。

換句話說，她是真貨。

跟我一樣是來自日本的轉生者。

而她說出的是我們班導的名字。

「……老師，好久不見。如果情況允許，我真不希望以這種形式與妳重逢。」

我依然將刀尖對準老師，說出這句話。

「為什麼……為什麼你要做這種事！」

老師對我拋出這個愚蠢的問題。

「我覺得那反倒是我要問的問題才對。老師，妳協助叛軍擾亂魔族秩序，到底想做什麼？」

不管是妖精協助叛軍的原因，還是老師加入其中的理由，我統統無法理解。

雖然退個一百步來說，我不是無法理解叛軍的主張，但是知曉禁忌的人聽了只會嗤之以鼻。

愛麗兒小姐正在做對這個世界來說正確的事情。

即使在不知曉禁忌的人眼中那是極度不講理的事情，愛麗兒小姐依然懷著堅定的信念與覺悟付諸行動。

正因為明白這點，我才能毫不猶豫地擊潰叛軍。

「我是為了拯救被魔王抓住的轉生者才會戰鬥。」

「啥？」

我無法理解老師所說的話，皺起了眉頭。

被魔王抓住的轉生者？

就我所知，身在魔族領地的轉生者就只有白小姐與蘇菲亞小姐。

可是，她們兩個人都不是愛麗兒小姐的俘虜，反倒是積極地在協助她。

老師到底誤會了什麼？

「笹島同學也是，別在這種地方做這種事了，跟我走吧。妖精會保護轉生者，其他同學們也在那裡，你不需要繼續做這種殘酷的事情了。所以，拜託你跟我走。」

老師向我伸出手。

雖然她好像說出了許多重要情報，但那些情報之後再確認也行。

因為有件事情我得先說清楚。

「我不知道妳誤會了什麼，但我是出於自己的意願待在這裡。而且，我也不打算跟妳走。」

也許是沒想到自己會被拒絕，老師臉上寫滿驚訝，睜大了眼睛。

「我是遵循自己的信念而戰，不是因為別人指使，而是出於自己的想法。對於自己的所作所為，我沒有一絲愧疚。」

聽到我這麼說，老師難以置信地搖了搖頭。

臉色變得越來越蒼白。

「老師，我倒要反問妳。妳說我做了殘酷的事情，那做了同樣殘酷的事情，還向學生伸出那染滿鮮血的手，妳對自己感到驕傲嗎？」

聽見我的問題，老師猛然睜大雙眼，臉色從蒼白逐漸轉為鐵青。

協助叛軍就是這麼回事。

這塊區域的妖精對正規軍士兵造成了不少傷亡。

我不知道老師本人是否有參戰。

可是，從這種反應看來，她應該不是只有在旁觀看。

老師嘴巴上說要保護過去的學生，卻又參與了奪走無關士兵生命的戰爭。

這種作為稱得上是正義嗎？

「老師。」

我壓低聲音如此說道。

老師的肩膀大大地抖了一下。

「如果妳不能抬頭挺胸回答這個問題，那我就不能跟妳走。」

話雖如此，要斬殺前世的熟人，就算是我也會猶豫。

看來我還沒有那種程度的覺悟。

我一邊暗自自嘲自己也沒資格批評老師，一邊準備出言勸降。

下一個瞬間，我的身體被擊飛了。

「嗚……！」

我無法理解現在的狀況。

只知道敵人的攻擊來自右方城牆的深處。

既然我的右手骨折，右側肋骨附近發出鈍痛，那肯定就是這麼回事吧。

在跟老師對話的同時，我也沒有疏於防備四周。

就算是遇到舊識，我也不會在敵營露出破綻。

既然對方有辦法不被我察覺，像這樣對我造成傷害，就表示那可能是來自我感知範圍之外的狙擊，要不然就是敵人相當厲害。

無論如何，對方肯定是個難纏的傢伙！

在被擊飛的同時，我勉強穩住身體，至少避免讓自己倒在地上。

為了阻止敵人的追擊，我連看都不看就用左手的雷刀放出雷擊，射向敵人疑似發動攻擊的地方。

破壞力不亞於炸裂劍的雷擊射了出去，當紫電的光芒閃過，我看到了幾個戴著兜帽的傢伙。

老師似乎在喊叫，但那是我沒學過的語言，我無法得知其內容。

我只看到老師被她剛才保護的人從身後架住，拉離這個地方。

憑老師嬌小的身體，一旦被壯漢從身後抱住，就再也無法掙脫了。

老實說，我不想就這樣放她離開，但看來我也無力追擊。

眼前這些兜帽人給人的感覺跟剛才與我交手的妖精完全不同。

雷刀發出的雷擊似乎完全無效，他們肯定都是高手。

情況或許不太妙。

那些兜帽人飛了出去。

雖然不合時宜，但我懷疑自己看到的，有種想要揉眼睛的衝動。

就在剛才，那些兜帽人全被擊飛了。

那倒是無所謂。

不，其實有所謂，但我就退個一百步當作無所謂吧。

問題在於擊飛那些兜帽人的傢伙，是一群外表年齡看起來跟剛才的老師差不多的少女。

如果我沒有看錯，那三名少女似乎是把一名被白絲捆住身體的少女當作武器，砸向那些兜帽人。

……現在到底是什麼情況？

因為這段莫名其妙的插曲，讓困惑取代了我心中的危機感。

「妳～們～三～個……！」

被絲捆住的少女一邊發出充滿怨念的聲音，一邊緩緩站起身。

絲一瞬間就被凍結，碎裂四散。

可怕的是，光是這樣就讓周圍的溫度急速下降。

白色的氣息。

少女從背後拔出比她身高更長的大劍。

身上散發出與那嬌小的身軀不搭的可怕壓迫感。

「蘇菲亞小姐。」

我不可能忘記，她是跟我一樣同為轉生者的蘇菲亞小姐。

我不知道蘇菲亞小姐為何會出現在這裡。

可是，我應該能把她當成同伴吧。

老實說，這讓我鬆了口氣。

「哎呀？你怎麼變得這麼狼狽？真是丟臉。」

發現我的存在後，蘇菲亞小姐發出輕蔑的嘲笑。

但在見識到剛才那一幕後，我不禁懷疑到底是誰比較丟臉。

不過，我還不至於白目到會說出這樣的疑惑。

在我們對話的期間，另外三名少女默默地追擊那些被擊飛的兜帽人，毫不留情地把他們暴打一頓。

凶狠到讓我懷疑「有必要做到那種程度嗎？」的地步。

她們毆打那些兜帽人的聲音，已經是難以稱之為毆打聲的巨響了。

這是場從偷襲開始的完全虐殺。

她們的過剩暴力一直持續到把那些兜帽人打得不成人形為止。

「這樣不會做得太過火嗎？」

我並非同情敵人，但也不喜歡這種跟鞭屍一樣的行為。

我知道這不是受人幫助的傢伙該說的話，但還是忍不住說出口了。

「什麼？看到這些東西，你還能說出這種話嗎？」

蘇菲亞小姐抓住其中一名兜帽人的殘骸，然後拿起來給我看。

「這……！」

那是我意想不到的東西。

隱藏在兜帽底下的東西並不是生物的屍體，而是機械的廢料。

「你頭一次看到？這就是妖精的另一個面貌。要是不在被幹掉前出手，就會變成我們遭殃，如果不徹底摧毀這東西，我就無法放心。這樣你明白了嗎？」

沒想到這個世界居然會有機械……

這種事情是可以被允許的嗎？

不。絕對不行。

「抱歉，這完全是我見識淺薄。」

我承認自己的過錯，並主動道歉。

如果是這種東西，我就能理解她們為何必須破壞得這麼徹底了。

「嗚哇……我碰到滴出來的東西了，真噁心。」

蘇菲亞小姐像是摸到髒東西一樣，把其實該稱作是機器人的兜帽人殘骸隨手一扔。

她忙著拿出手帕擦手，我的視線移向被她扔到地上的殘骸。

那具身體幾乎都是由機械組成。

不過，在被蘇菲亞小姐抓住的地方，也就是曾經是頭部的部位，流出了某種黏稠的液體。

「這東西並不完全是機器人嗎？」

「很低級對吧？」

面對蘇菲亞小姐的問題，我默默地點了點頭。

沒想到居然有能夠平靜地做出這種事的傢伙。

這讓我有些難以置信。

這已經遠遠超出人類行為的底線了。

更令我感到震撼的是，那種傢伙居然跟老師是一夥的。

「把這種東西派上戰場，老師竟然還有臉說那種話。」

「啥？老師？」

「這個我之後會告訴妳。這件事跟我們這些轉生者並非毫無關係，如果可以的話，我想等白小姐也在場時再說。」

關於老師的事情，一定得告訴她們吧。

可是，在此之前我們得先鎮壓叛軍才行。

「是嗎？那就趕緊結束這場鬧劇吧。」

說完，蘇菲亞小姐露出殘酷的笑容。

幸好她們不是敵人，我發自內心如此認為。

4　殺進敵營

在照面的瞬間，我一拳打在波狄瑪斯臉上。

卑鄙？

哼。這對我來說可是稱讚！

骯髒……我真是太骯髒了。

「波狄瑪斯大人！」

啊，看來我好像沒時間悠哉了。

被揍飛的波狄瑪斯身後有一群戴著兜帽的可疑人物。

其中幾個傢伙慌了起來。

看到自己的老大突然被人揍飛，當然會亂了手腳。

不自然的反倒是其他那些毫無反應的兜帽人。

他們身上的生氣與人味十分稀薄。

重點是——雖然稀薄，但不是完全沒有。

我能大致猜到那些傢伙的真實身分，他們肯定不是普通妖精。

八成是跟波狄瑪斯一樣的武裝生化人吧。

那種怪物排成一列的光景……嗯，很可怕。

喂，波狄瑪斯先生。

你這次是相當認真地要擊潰我們對吧？

既然在叛軍集結以前就已經招集了這麼多的戰力，就表示要是他完全做好準備的話，或許就會有更多危險的傢伙出現在那個北方城鎮。

呼……真是好險。

從波狄瑪斯剛才那些話來判斷，他似乎不打算派這些傢伙去支援叛軍。

這只是我的預想，我猜波狄瑪斯應該是為了應對我方率先出擊這個意外狀況，準備前去回收派遣到北方城鎮的戰力吧。

這麼說來，城牆那邊好像有一群比其他叛軍更驍勇善戰的兜帽人。

那些傢伙似乎是妖精。

如果其中也夾雜著跟這裡的傢伙一樣的生化士兵，那波狄瑪斯應該會想要回收他們才對。

從那些傢伙戰鬥的模樣看來，他們八成都是普通妖精，生化士兵很少。

既然我們行動了，憑少數的生化士兵是無法取得太大的戰果的。

如果是這樣的話，把作戰視為失敗，在出現傷亡前回收戰力，損失反而少。

既然波狄瑪斯如此盤算，那我就讓他受到比原本更大的損失吧！

先攻必勝！

按下開關。

歪曲的邪眼發動！

歪曲的邪眼是能夠扭曲空間，連同存在於空間內的物體一起擰碎的可怕邪眼。

歪曲的邪眼還是技能時，視存在於空間內的物體的強度而定，扭曲空間所需要的力量也會有所不同。

換句話說，越是堅硬的東西就越難擰碎。

可是……！

現在的我的歪曲的邪眼沒有那種限制！

因為是直接讓空間本身扭曲，所以與其中物體的強度完全無關！

就某種意義來說，這也是一種無視了防禦力的攻擊。

一旦被歪曲的邪眼逮住，就再也無法抵抗，只能乖乖地被擰碎。

缺點就是攻擊範圍不是很廣吧。

總之，先來解決掉因為波狄瑪斯倒下而亂了陣腳，顯然還擁有意識的妖精吧。

那三個傢伙毫無反抗之力，變成一團難以名狀的肉塊。

很好。

趁著波狄瑪斯還沒復活，趕緊收拾掉剩下的生化士兵吧。

「抗魔術結界發動。」

但我還來不及採取下一步行動，波狄瑪斯就先行動了。

俯臥在地上的波狄瑪斯發動結界。

結界改寫了世界的法則。

我的視野也在同時變得一片漆黑。

因為透視效果消失了，我又閉著眼睛，才會什麼都看不見。

逼不得已，我睜開眼睛，結果看到一群生化士兵舉起變形成槍的手臂。

糟糕！

我在雙腿上施加身體強化魔術，使勁一跳！

下一個瞬間，無數子彈射過我剛才所在的地方。

我順勢把絲射向天花板，利用鐘擺原理進一步拉開距離。

這裡似乎是某個建築物的內部。

子彈追著逃跑的我，不斷射進牆壁與天花板。

要是在波狄瑪斯的結界裡面中槍，就算是我也無法全身而退。

幸好拜神化所賜，我變得可以在結界裡射出絲，也能使用身體強化魔術。

可是，我能辦得到的事情也就只有這些。

放出系的魔術完全無法發動。

唔……！我好像有些太過莽撞了。
這好像是個危機。
快速掃視周圍後，我看到波狄瑪斯站了起來，跟生化士兵一樣舉起槍。
我朝他射出網狀的絲。
看招！蛛網噴射！
波狄瑪斯把自己斜前方的生化士兵推了出去，讓他代替自己吃下這招。
拿部下當盾牌太卑鄙了！
可是，我成功製造出一瞬間的空檔了。
我趁機衝到牆邊。
然後順勢對牆壁使出飛踢！
我的目標是要踢破牆壁逃到屋外！
既然結界不好對付，那我只要逃到結界的範圍之外就行了！
肉體經過強化的我的飛踢刺進牆壁。
嗯？刺進牆壁？
牆壁比我想像中的還硬，害我有點腳麻，但這不是大問題。
可是，刺進牆壁……？
怎麼會是刺進去啊！

我明明是打算踢壞牆壁逃到外面，腳卻漂亮地刺進牆壁卡住不動。

我完全沒料到這種狀況！

不過，我搞懂了腳會刺進牆壁的原因，心中有些焦急。

原來這裡是在地底下！

牆壁的另一邊似乎不是屋外，而是地底下。

難怪我就算打破牆壁也出不去。哈哈哈。

現在不是笑的時候！

我趕緊把腳拔出來，但為時已晚。

好幾顆子彈射進體內，感覺有點噁心。

啊，這種傷勢真的會死人。

「別停火，確實地殺了她。」

呃……這可不妙。

搞砸了。

要是剛才第一次發動了歪曲的邪眼後，我就立刻離開的話，就不會有事了。

最近許多事情都太過順利，或許讓我有些掉以輕心了。

這次的教訓肯定會對下一個我有所幫助吧。

事情就是這樣，我要放棄這具身體。

我把空間魔術的輸出功率調到最大，稍微把結界推了回去。

然後從結界的境界線連接到異空間。

視覺上應該沒有出現任何變化，對方應該不會察覺才對。

就算察覺到異狀，想到接下來的混亂場面，他們應該也無法派人追蹤。

然後，就在我的身體被射成蜂窩倒下的下一個瞬間，我剛才設置的陷阱襲向敵人。

「什麼！」

玩過RPG遊戲的人一旦被問到「最強的魔法攻擊是什麼？」這個問題，應該有幾個人會這麼回答吧。

——隕石魔法。

具有質量的物體從外太空落下這種攻擊，正因為單純，所以破壞力出眾。

不過，因為從外太空把殞石精準地丟到特定地點實在太費力了，所以我沒有從那麼高的地方丟下殞石。

我所做的事情，就只是用空間魔法讓巨大的岩石出現在上空而已。

再來就算我什麼都不做，岩石也會伴隨著重力加速度把一切都破壞掉。

只要我有那個意思，就算真的要把更大的物體從外太空丟下來也行。

不過，那麼做會造成極大的損害，所以我封印了這招。

畢竟據說恐龍會滅絕就是因為巨大隕石墜落嘛。

我可不打算給這顆星球致命一擊。

千萬別拿設計出差點在之前的ＵＦＯ事件中毀滅這顆星球的殞石兵器的波狄瑪斯與我相提並論！我和他不一樣！

只要把岩石從適當的高度丟下來，就足以擺平大多數的敵人，就算不做得那麼過火也行。

然後，連同我那被射成蜂窩倒在地上的身體，巨大的岩石壓毀了一切。

間章　妖精放聲大笑

那天過後，我過著忙碌的每一天。

可是，我忙得很充實。

我們妖精試圖協助魔族叛軍，給愛麗兒製造些許困擾的計畫最後徹底失敗了。

叛軍的動向被敵人事先察知，在我方做好準備以前，便反過來遭到襲擊。

我無法責備叛軍的首領。

因為我也想不到會受到敵軍如此乾淨俐落的反擊。

而且我居然愚蠢到被敵人利用轉移陣偷襲。

準備好的人型光榮使者損失了二十七具。

最近因為神言教教皇與勇者的阻礙，主要零件變得很難補充。

在這個時間點受到這樣的損失，說實話並不是能等閒視之的小事。

而且因為轉移陣受到破壞，岡被留在魔族領地了。

雖然腦海中也曾閃過放棄她這個選項，但要是不小心讓她與愛麗兒有所接觸，甚至是成為盟友的話，事情就麻煩了。

如果她隨便死在路邊的話就方便多了。那傢伙知道直接通往妖精之里的隱藏轉移陣的所在位置。

要是那情報被愛麗兒知道的話，實在是有些不妙。

雖然在最糟糕的情況下，我也可以奪走她的身體，但如果可以回收的話，還是回收比較好。

我以能夠使用轉移術的妖精為核心，火速組織出一支救援部隊。

我打算把救援部隊派遣到魔族領地，不過最後我做了白工，在好的意義上。

以岡為首的倖存者們得到亞格納的幫助，靠著自己的力量從魔族領地逃到人族領地了。

雖然欠了亞格納一份人情，但這種程度的人情不算什麼。

我還得到了情報，得知魔王的部下——也就是愛麗兒的棋子，似乎在魔族領地與人族領地的邊界採取了行動。

雖然這讓我嗅到一絲危險的氣息，但反正岡已經平安回到我的掌控之下，這件事就這樣算了吧。

在救出岡的同時，我還調查了位於人族領地，且能通往魔族領地的轉移陣遺址。

我慎重地挖掘被徹底摧毀的那個地方。

因為我無論如何都想親眼確認。

然後，我找到那個東西了。

「我們走著瞧吧。」

愛麗兒用比平時更低沉的聲音如此說道。
在G戰艦事件時，愛麗兒拿走了我身體的頭部。
雖然幾乎所有機能都已經停止，但只有錄影與錄音功能一直都在持續運作。
愛麗兒似乎也明白這點，卻依然置之不理，故意在放置了那顆腦袋的地方說出就算被我知道也無所謂的情報，或是用來誤導我的假情報。
要是我中計的話當然最好。
就算我沒有中計也無所謂。
看來這小女孩也稍微會動腦筋了。
可是，就只有在這一刻，她是明確地在對我說話。
「別以為這樣就是你贏了。」
我只聽到這句話，然後影像與聲音就中斷了。
看來是那顆腦袋被破壞掉了。
「呵……」
我不小心笑了出來。
「呵呵……哈哈哈哈！」
音量絕對不算大，但我笑出聲音了。
我到底有多久不曾這樣笑過了？

現在的我心情就是好到這種地步。

愛麗兒那句不服輸的氣話，聽了實在很爽。

我開心地看著從轉移陣遺址挖掘出來的那東西。

「總算是幹掉這傢伙了。」

雖然已經幾乎看不出原形，但那東西毫無疑問是白的屍體。

二十七具人型光榮使者的損失？

為了救出岡所付出的勞力？

這些花費算不了什麼。

比起成功解決掉這幾年讓我十分頭痛的白這個重大成果，那些根本不算什麼。

其實我原本是打算配合叛軍的行動，投入二十倍數量的人型光榮使者的。

而且我還做好了覺悟，就算失去這些戰力也無所謂。

我不確定這麼做能得到多少戰果。

比起這原本的計畫，我可說是以最小的損失取得了最大的戰果。

這樣就大幅削弱愛麗兒的力量了。

雖然那傢伙的其他部下有些棘手，但還在我能應付的範圍內。

愛麗兒本人也不是我的對手。

魔族？那些傢伙只不過是垃圾罷了。

這樣我應該可以對愛麗兒陣營稍微放鬆戒心了。
如此一來，我剩下的麻煩就是神言教教皇的行動了。
他正利用勇者到處摧毀妖精的下級組織。
但那種事已經不重要了。
我成功解決掉白了。
就算不急著補充主要零件也行。
而且最重要的轉生者也幾乎都在我手上。
特地讓混混們組成下級組織，派他們綁架孩童的必要性也減少了。
就算縮小行動的規模應該也沒問題了吧。
看來是時候收手了。
雖然被神言教教皇恣意妄為出手阻礙讓我很不爽，但那也是沒辦法的事。
要是隨便殺掉那傢伙手下的勇者，我也會很困擾。
在白這個不確定因素死去的現在，愛麗兒陣營已經不足為懼了。
但是，要不要毀掉能夠對抗魔王愛麗兒的這顆名為勇者的棋子，是個需要慎重考慮的問題。
尤其現任勇者還很年幼。
在前任勇者死亡的瞬間，系統會考量其綜合能力與個性，從還活著的人族之中選出最適合擔任勇者的人。

既然是由能力尚未成長到顛峰的幼童擔任勇者，就代表比現任勇者年長的人族之中，沒有夠格擔任勇者的人物。

一旦現任勇者死了，下一任勇者必定會是更為年幼的人族。

如果要對付愛麗兒的話，就連現任勇者都還太過年輕，所以下一任勇者完全派不上用場的可能性非常高。

雖然讓神言教教皇稱心如意讓我很不爽，但我不能對現任勇者出手。

反正我還有很多其他該做的事，等到剩下的轉生者回收完畢以後，我就讓那些下級組織撤退吧。

但是，為了搞垮神言教，我想從其他方面展開行動。

不管怎麼說，成功排除掉白這個一大隱憂可說是重大的收穫。

為了執行下一步行動，我從椅子上起身，前進的步伐比往常還要來得輕快許多。

5 旁觀會議

是我。

你以為我死了？

真可惜！我還活著！

你問我在那種狀態下是怎麼撿回一命的？

當然是利用我之前覺得可能實現，並且實際檢驗過的分體復活術。

分體就宛如我的複製人，但那也可說是我身體的一部分。

就算從我這個本體分離出去，也依然是我身上的一部分。

然後，雖然說是本體，但那也只是寄宿了我的意識，其結構與成分都跟分體差不多。

雖然有著人型與蜘蛛型的差異，但那只是小事。

重點是寄宿在裡面的靈魂，肉體之後要怎麼改造都行。

至於靈魂轉移術，我在神化之前便以蛋復活的形式實踐過了。

所以，我不可能辦不到那種事。

因為這個緣故，陷入危機的我果斷捨棄原本使用的肉體，隨便找了個分體附身，成功完成復活。

哼，我還有好幾條命呢！

就連吃下綠色香菇就會多一條命的吊帶褲大叔，剩下的命都沒有我多！

看到一個我，就要曉得周圍至少還有一百個我！

不過，雖然只要別遇到太離譜的事情，我就不會死掉，但這並不代表我可以隨便浪費剩下的命。

畢竟分體弱到被踩一腳就會死掉的地步。

然後，一旦本體遭到破壞，我就不得不逃進分體。

由於分體的強度目前無法提升，我剛復活的時候無論如何都會大幅弱化。

不幸中的大幸是，只要花上時間，我就能回到原本的強度，所以只要能撐過那段弱化的期間，問題就能迎刃而解。

巴掌大小的蜘蛛身體只需要幾天就會迅速成長，從軀幹長出人型的上半身，最後恢復成原本的人型身體。

這種驚人的恢復能力，應該說再生能力，連我自己都感到讚嘆。

這明顯遠遠超出生物的極限，哎呀，我畢竟是神嘛。

擁有這點程度的不死身肯定是正常的。

……換句話說，這就代表普通的神都擁有跟我一樣，甚至更誇張的不死身，實在沒有比這更可怕的事情了。

不過，就這次的情況來說，這段忙著復活的期間，讓我得以逃過戰後收拾之類的諸多麻煩，所以也不算是壞事。

嗯，我姑且有把自己平安無事的消息告訴吸血子她們，也有提到自己暫時無法行動，然後把後續工作全都丟給她們。

拜此之賜，我輕鬆多了。

北方城鎮之戰在我忙著復活的期間結束了。

因為鬼兄的奮戰，儘管這是場要攻陷一座城鎮的大規模戰鬥，依舊在很短的時間內就完成了占領。

身為主謀的北方城鎮領主被捕，協助叛軍的士兵們也被迫解除武裝，集中在同一個地方。

雖然尚未抵達北方城鎮的叛軍還散落在各地，但身為中樞的北方城鎮已經變成這副慘狀，他們也沒有發動大規模行動的餘力了。

畢竟還有我利用分體收集來的情報，不管是要把他們各個擊破，還是要加以馴服都行。

實際上，叛軍已經玩完了。

再來只要重建北方城鎮，換一個新領主，問題就解決了。

不過，戰後要處理的工作有著許多麻煩的問題。

這種麻煩的事情，就交給巴魯多去傷腦筋吧。

我只要在復活後若無其事地回到公爵宅邸就行了。
然後，回到公爵宅邸的我，接到了魔王的傳喚。

「妳來啦。」
我被傳喚到魔王城。
在那個寬廣的房間裡，已經聚集了許多人。
魔王坐在上座，叛軍首領站在房間中央，還有一群大人物圍著他就座。
看到這副光景，我立刻聯想到法庭。
站著的被告與審判長，還有一群法官。
不過，想想接下來要發生的事情，我聯想到法庭應該也沒錯吧。
接下來要開始進行的，是要決定如何處置叛軍首領——本名「華基斯」的審判。
只不過，這位華基斯先生並沒有律師。
而審判長當然就是坐在上座的魔王。
看到這裡，就能猜到最後一定是判決有罪啊～
而這場早就知道結果的審判的出席者們，都是魔族裡的大人物。
坐在離魔王最近的座位的人，是擔任魔王軍第一軍團長的上校。
我想想……上校的本名好像是亞格納吧？

因為上校的外表給人深藏不露的感覺，讓他看起來遠比幼女模樣的魔王還要有威嚴。
而巴魯多就坐在上校對面，身旁則坐著交叉雙臂擺著臭臉的小混混。
此外，梅拉與鬼兄還不知為何站在他身後。
剩下的人都是我第一次見到。
話雖如此，因為有分體收集來的情報，我知道他們是什麼人。
其中我最先看到的是一對胸部。
不、抱歉……
連我都覺得自己的介紹方式很過分。
可是，這也怪不得我吧！
視線無論如何都會被吸過去啊！
那到底是什麼鬼東西？
真的是純天然的產物嗎？
不是經常有人把巨乳比喻為哈密瓜或西瓜嗎？
我原本還以為那麼大的巨乳只存在於二次元，沒想到現實中居然真的存在，內心受到極大的震撼，就是這樣。
一旦大到那種地步，其存在本身就已經是個笑話了吧？
我根本不會想把視線移到臉或其他地方。

幸好我有練好透視。

要不是我利用透視閉著眼睛，早就被人發現我一直盯著那對巨乳了。

而這位巨乳小姐的本名是沙娜多莉。

她有著名為巨乳的凶器，外表充滿性感的魅力，而與那樣的外表不相符，她是負責統領魔王軍第二軍的軍團長。

既然第一軍與第二軍的軍團長都在場，那應該不難猜到才對。其實所有軍團長都聚集在這裡了。

這些大人物明明都很忙，卻依然全員到場，由此不難看出這次的叛亂是多麼重要的大事。

第三軍的軍團長是跟巨乳小姐完全相反的壯漢。

他有著一身千錘百鍊的肌肉，以及刻在上頭的無數傷痕。

看起來就是身經百戰的鬥士。

……話雖如此，但他臉上那對八字眉看起來實在不太可靠。

既然他身在此處，還有著軍團長這個頭銜，就不可能是個紙老虎。

可是，因為他給人一種軟弱的印象，讓那種虛有其表的感覺非常強烈。

這位看似紙老虎的壯漢名叫古豪。

第四軍是巴魯多，可以跳過，第五軍的軍團長名叫達拉德。

如果要用一個單字來形容這位達拉德先生，那就是外國人對武士的錯誤印象。

雖然說了不止一個單字，但我也只能這樣形容了。

他並沒有在玩角色扮演，服裝打扮卻不知為何像個歌舞伎演員。

然而，他給人的感覺卻有如個性一板一眼的武士。

結果，他給人的整體感覺就變成是外國人對武士的錯誤印象了。

我想他本人應該不是故意做這種打扮，只是髮型與服裝莫名搭調，看起來就變成這樣了。

實際上，在場眾人都沒有吐槽達拉德的裝扮。

是因為擁有在日本時的記憶，我才會這麼認為嗎？

算了，反正在我心中，達拉德的外號已經決定是武士了。

然後，第六軍的軍團長是個正太。

雖然魔族比人族長壽，外表也會比實際年齡更年輕，但他的外表還要再更年輕一些。

他八成已經成年了，但看起來還只像個孩子。

偶爾就是會有這種人。

就算已經成年看起來還是很年輕的人。

雖然在外國人眼中，日本人看起來也非常年輕，但這位正太不光是長相，就連身高也很矮，讓他看起來更像個孩子。

在這個滿是大人的空間裡，只有一個人看起來像孩子，讓他非常顯眼。

咦？魔王？

魔王是例外，要是在意的話就輸了。

這位正太的本名是修維。

然後，關於接下來的第七軍，其實身為叛軍首領的華基斯就是第七軍的軍團長。

而且叛軍的成員也幾乎都是第七軍的傢伙。

上校、巨乳、壯漢、武士、正太。

再加上叛軍首領。

該怎麼說呢……大家的特質都很突出呢！

相較之下，剩下的第八、第九與第十軍的軍團長就很普通了。

第八軍團長是位看似軟弱的大叔，第九軍團長像是位能幹的上班族，第十軍團長雖然是個帥哥，卻長著一張不幸的臉孔。

雖然他們有著各自的特徵，但比起前面幾位特質突出的軍團長，無論如何都會顯得存在感低下。

順帶一提，就重要程度來說，這三個傢伙其實也不那麼重要。

因為他們雖然有著軍團長的頭銜，卻沒有最重要的軍團。

雖然在戰時有著正式組織的軍團，但在與人族休戰的現在，國家沒有讓軍人不務正業的餘力，於是軍團就解散了。

雖然姑且還留有軍團長的職位，但軍團並沒有實際在運作。

至於這三個傢伙的工作內容，則是處理內政工作。
跟幾乎把軍隊都丟給弟弟去管理的巴魯多一起處理政治事務的人，就是這三位軍團長。
以上這些齊聚一堂的成員幾乎就是魔族的所有重要人物了。
「小白來這邊，這裡給妳坐。」
魔王叫我坐的位子在她的旁邊。
感覺就是超級大人物的座位。
初次見面的傢伙們全都盯著我看。
不要！拜託不要這樣看我！
我盡量隱藏氣息，迅速移動，然後就座。
「既然人都到齊了，那我們就開始吧。」
完全無視於我內心的想法，魔王如此宣言。
眾人的視線集中到魔王身上，坐在旁邊的我也自然地進入了他們的視野之中。
嗚……這裡坐起來真的很不舒服。
「好啦，我想大家應該都知道站在那裡的華基斯第七軍團長意圖謀反的事情。不過，多虧了我家小白事前察覺到他的行動，才沒讓事情鬧大。」
聽到魔王這番話，好幾個人把視線移到我，以及站在房間中央的華基斯身上。
拜託你們別看我，看華基斯就好。

「雖然反叛計畫原本是打算以第七軍為主力展開行動，但其他軍團好像也有一些人員參與其中，這還真是不可思議呢。」

嗯。畢竟叛軍是從魔族領地的各個地方招集士兵。

第七軍以外的軍隊也確實有人跑去跟叛軍會合。

不過，沒人知道那到底是上級的指示，還是那些士兵自己的決定。

不管怎麼樣，那些出現叛徒的軍團，今後應該都會覺得顏面無光吧。

不過，他們不愧是身處上位的人物，那些手下出現叛徒的軍團長依然面不改色，擺著一張撲克臉。

即使魔王語帶責備也無動於衷。

啊，就只有身為第三軍團長的壯漢臉色鐵青，抖個不停。

「唉，對各個軍團的追究晚點再來進行，現在我想先決定華基斯與第七軍的處分。」

魔王一邊環視軍團長們一邊宣言。

話雖如此，但這種事情還需要考慮嗎？

「華基斯當然是處以死刑。」

嗯，發動叛變的主謀也就只有這種處分了吧。

「有人反對嗎？」

為了保險起見，魔王如此問道，但誰也不打算發言。

就連小混混也只露出不服氣的表情靜觀其變。

祖護叛亂主謀這種事情，他再怎麼說也辦不到吧。

「好，既然沒人反對，那就這麼決定了。」

魔王非常乾脆地決定處死華基斯。

真草率。

這個世界的人命真是太廉價了。

「華基斯，你有什麼要辯解的嗎？」

魔王向華基斯如此問道。

「當然有。」

華基斯用堅定有力的聲音如此回答。

儘管才剛聽到自己的死刑判決，他卻絲毫沒有一絲動搖。

然而，他卻說想要辯駁。

該說他膽識過人嗎？

也許正因為陷入這種處境，才讓他下定決心把想說的話都說出來吧。

「一心想要與人族開戰，目光短淺的蠢貨沒資格擔任魔王，所以我才會挺身而出。」

哇～

這傢伙正面槓上魔王了。

看來他是豁出去了。

「你說我是蠢貨？」

「沒錯。我不能讓一個連魔族的現況都搞不清楚的愚蠢小女孩繼續恣意妄為。」

真敢說。

可是很遺憾，你口中的小女孩其實比你年長許多。

順便告訴你，魔王是在正確理解魔族現況的情況下，依然選擇與人族開戰。

說實話，比起什麼都不知道的蠢貨，這樣還比較過分呢。

「你們說我是叛徒，但是在我眼裡，讓這種蠢貨繼續掌權，向她俯首稱臣的你們才是魔族的叛徒。」

華基斯環視室內，將視線掃向軍團長們。

每個人的反應都不一樣。

有些人尷尬地別過視線。

有些人光明正大地對上他的視線。

有些人沒把想法寫在臉上，心裡卻千頭萬緒。

啊……喂，小混混，你一臉認同地點頭是什麼意思！

你到底是誰的同伴啊！

「叛徒呢。叛徒啊……」

雖然魔王與軍團長們都被華基斯強烈斥責，但身為當事人的魔王卻一副事不關己的樣子。

她甚至面帶微笑地注視著華基斯。

「各位！如果你們真心為魔族著想，難道不該趁現在發起行動嗎！推翻昏君，回歸正道，現在還不算太遲！」

魔王沒有回話，趁著這個機會，華基斯越講越熱血。

嗯……

的確，如果換個角度來看，現在其實是個好機會。

魔王身邊一個護衛都沒有，而武力出眾的軍團長全都聚集在這裡。

如果有過半數的軍團長倒戈，魔王就必須在只有我一個明確的同伴的情況下對付那些傢伙。

而且還有幾名軍團長讓自己的士兵與叛軍會合。

如果那是出於軍團長本人的意志，就表示那傢伙比較偏向叛軍。

雖然他們應該沒機會事先串通，卻十分有可能會回應華基斯的號召當場拔劍。

……他們打不打得贏就是另一回事了。

「遺言說完了嗎？」

現場瀰漫著一觸即發的緊張氣氛，而率先打破這種氣氛的人正是上校。

「亞格納大人！」

「華基斯，不管你在這裡說了多少廢話，都只不過是逆賊的戲言罷了。如果你真心為魔族著想，就乾脆地走上斷頭台，俯首受死吧。身為魔族的一員居然敢教訓魔王大人，簡直豈有此理，不知羞恥的傢伙。」

霸氣！

真不愧是上校。

在整個魔族之中，他也是魔王認同的強者，說出來的話果然很有分量。

此外，身為大人物的上校率先與華基斯撇清關係，也讓其他軍團長無法輕舉妄動。

因為上校這些話等於是在宣告他站在魔王那邊。

剛才原本是不確定眾人會不會當場發難，彼此都在窺探其他軍團長的反應，沒人知道結果會是如何的不穩定局面，而只要上校在這時候表態，眾人當然都會選擇按兵不動。

正是因為看穿這點，上校才會立刻開口吧。

嗯，果然是能幹的男人。

「亞格納大人，你……」

「為魔族著想的心，我也有。可是，一事歸一事，一碼歸一碼。這不能成為你違抗魔王大人的正當理由。」

眼見在場影響力大概僅次於魔王……不，是影響力或許反倒強過魔王的上校沒被說動，華基斯領悟到自己的失敗，無力地垂下肩膀。

然後，他抬頭仰望天花板。

「即使如此，我還是不覺得自己做錯了。」

他宣言的音量不大，卻說得堅定有力。

嗯……

我原本還以為他只是個任憑妖精利用的小角色。

看來他有著相當堅定的信念。

比起暗中協助叛軍，卻想把責任都推給華基斯的某幾位軍團長來得出色多了。

「不，你錯了。」

華基斯的宣言被一道聲音徹底否定。

「你不懂。你真的什麼都不懂。」

魔王惱火地注視著華基斯，雖然她臉上還帶著笑容。

「對魔族的反叛？唉～真小，規模也未免太小了吧。你腦袋沒問題嗎？」

聽到魔王發自內心感到傻眼的話語，華基斯用充滿憎恨的眼神看了回去。

「如果要說誰是叛徒的話，你們這些傢伙才是叛徒吧。不但背叛了神，還背叛了世界。」

可是，華基斯還來不及開口，魔王便說出了沉重的話語。

這不是壓迫感帶來的效果。

魔王的壓迫感這個技能被隱蔽的技能效果抵銷掉，無法發揮效果。

因此，這純粹是魔王話語中的重量。

「蠢貨？你有資格說這種話嗎？這個世界上最愚蠢的種族不就是魔族嗎？危害神明，犯下禁忌，害得世界半毀的元凶少在那邊自以為是地主張自己的生存權利。那種東西，你們根本不配擁有。」

一股寒意竄過背脊。

到底要灌注多少怨念，才能發出這種充滿負面感情的聲音？

或許我並不了解魔王也說不定。

我對魔王的印象，是個肚量大到連我這個敵人都願意收留，還兼具無止境包容力的好人。

可是，這並不是全部的她。

這不可能就是她的全部。

歷史的活證人。

親眼目睹人類醜陋的一面，親身體會神明的犧牲奉獻，在這個世界一直存活至今的最古老神獸。

透過吸收身為魔王眷屬的老媽的靈魂，我得以理解其中的意義。

我應該理解了才對。

可是，看來那終究只是知識，並沒有化為實際的感受。

她才不是普通的好人。

那些累積的歲月，讓魔王變成了魔王。

魔王毫無疑問是歷代最凶惡的魔王。

魔王一直注視著這個世界的黑暗面，時間久到讓人覺得她還是個好人簡直就是奇蹟的地步。

「好啦！事情就是這樣，開始處刑吧！」

魔王像是要藏起心中的黑暗面一樣，故意用開朗的聲音說出可怕的話。

……等一下，用開朗的聲音說那種話反而可怕吧。

看吧，軍團長們全都嚇到了！

「布羅。」

「啊？」

被魔王點名的小混混，做出了很有小混混風格的回答。

你身旁的巴魯多正抱著頭苦惱喔。

有個不懂事的弟弟還真是辛苦。

你是打算用壓力來殺死自己的哥哥嗎？

「你來動手，在這裡處決華基斯。」

「啥？」

不知道是無法理解魔王說出口的命令，還是不想理解，小混混呆愣地如此回答。

「沒聽到嗎？我叫你現在在這裡殺掉那個傢伙。」

「不……不對吧！等一下！為什麼事情會變成這樣！」

小混混踢倒椅子站了起來，焦急地大聲喊叫。

突然叫他下手殺人，也難怪他會感到困擾。

「為什麼？原因你應該最清楚不是嗎？」

「啥？那種事情誰知道啊！」

啊……看來他是真的不知道。

畢竟小混混看起來腦袋就不好。

簡單來說，魔王是要玩「踐踏聖像」那一套。

目標是對魔王的方針最不滿，而且毫不隱藏自己不滿態度的小混混。

魔王是要他親手殺掉實際發起謀反的華基斯，來證明自己的忠誠。

此外，這也是為了殺雞儆猴吧。

為了讓所有人都知道，她絕不原諒叛徒。

「布羅。」

「大哥，你也說些什麼吧。」

小混混似乎以為巴魯多叫他的名字是為了替他說話。

「動手。」

然而，他哥哥實際說出口的，卻是要他遵從魔王的命令。

「大哥？」

「給我動手。向魔王大人證明你的清白，用你的態度告訴大家，你並沒有協助叛軍。」
聽到巴魯多這麼說，小混混似乎總算明白別人是怎麼看待他了。
這應該不難理解吧。他不但毫不隱瞞自己對魔王的反抗態度，在這場會議開始的時候，魔王也明白說出有其他軍團讓士兵協助叛軍的事情。
從中導出的結論，就是小混混有可能暗中協助叛軍。
事實上，小混混並沒有那麼做。
真正協助了叛軍的是其他軍團長。
這點巴魯多也很清楚。
即使如此，巴魯多依然命令小混混動手，八成是因為他自己也對小混混的態度有所不滿。
要是就這樣置之不理，總有一天會惹禍上身。
正確來說，他應該是擔心萬一下次又出事，小混混可能會被當成繼華基斯之後的下一個犧牲品。
事實上，最容易被犧牲掉的人就是小混混。
如果是平常就把不滿表現在態度上的小混混，大家也只會覺得「叛徒果然就是那傢伙」。
「等一下，大哥，就算已經決定處死，也不應該立刻殺掉華基斯先生吧？不是還得先審問犯人嗎？」
呃……小混混，這種時候不能說這種話吧？

小混混並沒有說錯。

就算要處死犯人，也沒必要急著下手，審問犯人問出情報確實很重要。

可是，小混混現在說出這種話，只會讓別人覺得「他不想殺掉華基斯」。

就算他其實與叛軍毫無瓜葛，那種態度也會害他被人誤會。

小混混的心情其實應該跟華基斯是一樣的吧。

「布羅！」

正因為明白這點，身為哥哥的巴魯多才會斥責小混混。

如果不在這時洗清弟弟的嫌疑，小混混本人自不待言，就連身為至親的巴魯多也可能會受到連累。

「唔……！」

聽到巴魯多著急的斥喝，小混混似乎也明白自己做錯事了。

即使如此，他還是沒能馬上動手。

「啊，赤手空拳應該不好下手，這個拿去用吧。」

魔王把匕首丟給小混混。

匕首掉在小混混眼前的桌上，發出聲響。

小混混注視著匕首，然後抬頭看向華基斯。

華基斯則面無表情地默默承受著小混混的視線。

「我……」

「與其變成蠢貨們的經驗值，我寧願一死！」

正當小混混想要說些什麼的時候，華基斯大喊一聲，動了起來。

他衝到小混混面前，搶過匕首使勁一揮。

事情來得太過突然，沒人來得及做出反應。

不，其實有幾個人來得及反應，只是故意不行動。

我也是故意不行動的人之一。

「願魔族的未來……一片光明……」

揮下的匕首深深刺進華基斯的腹部。

而且不光是這樣，他還拔出匕首割斷脖子，最後往心臟刺了下去。

由於這個世界有能力值這種東西，所以大家的生命力都很強，自殺的方法似乎也比地球來得激烈。

華基斯的死就是如此壯烈。

同時也十分了不起。

我一直覺得自殺是笨蛋才會做的事情。

好不容易得到了生命，卻自己親手捨棄，這不是生物該有的行為。

所以，華基斯的這個舉動，在我眼中是非常愚蠢的。

只不過，在如此感覺的同時，我也想要讚許他的生存之道。

華基斯有著自己的信念與驕傲。

他並沒有虛度人生，而是依循自己的信念犧牲生命。

為了自己相信的正義。

華基斯單純只是無力改變現況罷了。

光是只有活著毫無意義。

還必須懷著驕傲與信念活著才行。

不過，就算擁有驕傲與信念，如果沒有力量，就無法完成自己該做的事。

可是，就算擁有力量，如果沒有信念與驕傲，那也只是單純的暴力，只會危害世界。

沒錯，就像波狄瑪斯那樣。

那傢伙空有力量，卻沒有信念與驕傲，只不過是個苟且偷生的禍害。

信念與驕傲，還有力量。

這兩者缺一不可。

如果沒有力量，就會跟華基斯一樣壯志未酬身先死；如果沒有驕傲，就會跟波狄瑪斯一樣，變成只會給人添麻煩的傢伙。

世事果真無法盡如人意。

直到生命的最後一刻，華基斯都貫徹了自己的信念。

雖然捨棄自己的生命不符合我的理念，但我發自內心對他的生存之道感到尊敬。

「布羅。」

魔王的聲音在凝重的氣氛中迴響。

被華基斯的血濺了一身，整個人都愣住的小混混，因為魔王的呼喚緩緩抬起頭。

「看在華基斯的死，我今天就放過你了。」

那種冷血無情的說法，讓小混混板起臉孔。

「魔王大人寬宏大量，小的感激不敬。」

只不過，在小混混做出反應以前，巴魯多便按住小混混的頭一起鞠了一躬。

雖然小混混的頭被巴魯多按住，看不到他的表情，但我能輕易想像出他拚命咬牙忍耐的樣子。

「很好。那華基斯的職務就由布羅接任吧。」

魔王像是要繼續刺激小混混般如此說道。

臉上還掛著不懷好意的笑容。

「你就直接釋放被俘虜的第七軍，收為自己的部下吧。現在處理掉那麼多士兵未免太浪費了，得好好回收再利用才行。」

這就表示魔王要把反叛的第七軍直接交給小混混。

由對魔王心懷不滿的小混混率領實際造反過的軍隊。

嗚哇……這種組合還真狠……

巴魯多的臉都揪成一團了。

「同時，北方城鎮也交給布羅駐守。北方城鎮的復興工作也順便麻煩你了。」

「遵命。」

小混混還沒開口，巴魯多便按著弟弟的頭如此回答。

我能感受到他不想繼續讓小混混多說一句話的強烈決心。

「至於第四軍的部分，巴魯多就繼續擔任軍團長吧。不過，我之後會找人接任，讓巴魯多專心處理內政。」

魔王在這時瞥了梅拉與鬼兄一眼。

看來巴魯多的繼任者目前有可能會是梅拉或鬼兄。

原來如此，難怪他們兩個會出現在這裡。

這應該也是為了讓其他軍團長認識梅拉和鬼兄吧。

「至於第八、第九和第十軍的部分，我之後打算組織正式的軍隊。不過，我想讓你們幾個繼續負責內政工作，所以會把軍團長的職位交給其他人。雖然會被降職減薪，但只能請你們多多包涵嘍。」

魔王向三位掛名軍團長如此宣告後，他們沒有面露不滿，恭敬地接受了。

他們應該不會只因為被減薪就冒著生命危險抗議吧。

「嗯，大概就是這樣了吧。大家解散！啊，小白跟那邊的兩個傢伙留下來。」

魔王宣布散會，還點名要我、梅拉與鬼兄留下來。

上校率先起身，走向華基斯的屍體。

「那個我會處理，就這樣放著吧。」

聽到魔王這麼說，上校停下腳步轉過身來，默默地向魔王鞠躬，然後轉過身體離開房間。

其他軍團長也隨他離開房間。

雖然小混混露出可怕的表情，像是在說「妳還要繼續羞辱華基斯的屍體嗎！」的樣子，卻被巴魯多從後面抓住脖子，一句話也沒說就離開了。

所有軍團長都離開後，梅拉迅速關上房門。

確認房門關上後，魔王緩緩張開嘴巴又閉了起來。

然後，倒在地板上的華基斯屍體就消失了。

連一滴鮮血都沒留下。

只要看到魔王正在咀嚼的嘴巴，就能清楚得知屍體跑到哪裡去了。

她使用暴食這個技能，吃掉了華基斯的屍體。

要是被小混混看到這一幕，他肯定會氣瘋，但事情並不是那麼回事。

正因為我的平行意識——前身體部長與魔王融合了，我才能理解她這麼做的意義。

只有我才懂的——魔王絕對不是在玩弄華基斯的屍體。

事實正好相反。

正因為要對華基斯表示敬意，才會把對方全部吃掉，連一滴血都不剩下。

魔王默默咀嚼個不停的側臉上，看不到剛才在會議中展露的嬉笑。

那樣的表情連一絲情感都沒有，甚至讓人懷疑她跟剛才的魔王到底是不是同一個人。

那身影散發出一股悲壯感。

「妳還好吧？」

甚至讓我忍不住開口關切。

聽到我這麼問，魔王露出驚愕的表情，不小心把嘴裡的東西吞了下去。

梅拉與鬼兄也一臉意外地看了過來。

就……就算是我也偶爾會開口說話，也會關心別人啊！

你們擺出那種大受震撼的表情，我也是會受傷的耶！

「噗……！」

也許是感受到我的不滿，魔王不小心噴笑。

「啊哈哈哈哈！呵、呵呵呵……」

魔王笑了出來。

我的臉越來越臭。

而不知道該如何是好的梅拉與鬼兄依然毫無反應。

「不好意思，我不是故意要笑妳的。不過，謝謝妳關心我。」

笑了一陣子後，魔王向我道謝。

「放心吧，我沒事。我早就已經做好覺悟了。」

說完，她露出平時的笑容。

看到她眼中堅定的光芒，就能知道她不是在逞強。

……她真強。

我並不是單指能力值與技能。

那些只不過是魔王的強悍中的一部分罷了。

魔王的強悍源自於那顆心。

即使對不得不把魔族逼入絕境一事懷有罪惡感，也無法動搖她心中的信念與驕傲。

在擁有身為一個人該有的溫柔的同時，也能做出往荊棘之道前進的覺悟。

能夠自己踐踏自己的良心，即使受傷也不停下腳步的強悍心靈。

華基斯有著信念與驕傲，卻沒有力量。

而魔王有著比華基斯還要堅定的信念與驕傲，也擁有力量。

那我呢？

我有力量。

可是，信念與驕傲呢？

……我至今一直都在拚命求生。

面對對我的生命產生威脅的敵人，絕不逃跑，勇敢面對。

我自認是懷著驕傲走過這一生的。

可是，看著華基斯與魔王的身影，我動搖了。

到頭來，我仍沒有信念與驕傲，就只是為活而活嗎？

我無法徹底否認這點，八成是因為我眼中的魔王非常耀眼吧。

無論如何，她那懷著堅定的信念行動的身影都讓我難以直視。

既然我會覺得難以直視，就表示我覺得魔王比自己還要耀眼。

那種耀眼的光芒，讓我無法不被她吸引。

「小白，我把妳留下來，是想要跟妳分享一下情報。事情好像變得有點麻煩了。」

唔……

連魔王都覺得麻煩的事情？

那應該是很嚴重的大事吧？

可是，我不覺得讓魔王覺得麻煩的事情會有那麼多。

如果有的話，那應該是與妖精有關的事情，但那些事情大致都在我的掌握之中。

畢竟殺進波狄瑪斯地盤的人是我。

雖然結果算是兩敗俱傷，但我把通往北方城鎮的妖精據點與波狄瑪斯一起擊潰了。

不過，那個波狄瑪斯肯定不是本體，他遲早還是會再次出現。

我還請魔王演了一場戲，讓波狄瑪斯誤以為我已經死了。

雖然波狄瑪斯不是不可能趁機一口氣發動攻勢，但考慮到他的個性，我覺得那種可能性並不高。

因為那傢伙是基於利害得失在行動的。

雖然他意圖利用叛軍的行動打擊我們，但叛軍已經宣告失敗，而且他還因為我的偷襲而失去據點，蒙受巨大的損失，所以我猜他短時間內都不會輕舉妄動。

畢竟珍貴的轉移陣被摧毀，讓他失去了通往魔族領地的橋頭堡。

物理上的距離果然很重要，想要在位於世界角落的魔族領地採取行動，對外來者的妖精來說很困難。

更何況，因為魔王的命令，魔族領地現在正在把妖精驅逐出境。

這麼一來，妖精要在魔族領地暗中行動的困難度又更高了。

雖然說不定還有其他轉移陣存在，但這次的事件應該會讓波狄瑪斯對情報洩漏這件事提高警覺。

雖然這只是我一廂情願的想法，但他應該會避免做出可能導致重要的轉移陣位置被發現的行動才對。

畢竟他也不可能會有那麼多貴重的轉移陣。

……應該沒有吧？

姑且還是派分體去調查一下吧。

話雖如此，但綜合各種因素來判斷，妖精要繼續在魔族領地活動是很困難的。

換句話說，相較於耗費的勞力，得到的成果並不多。

對於看重利害得失的波狄瑪斯來說，可說是最討厭的狀況。

既然已經取得擊敗我這個成果，他應該會就此滿足，不再繼續深入。

雖然其實我還活得好好的就是了！

這麼一來，這件事應該就與妖精無關，到底是什麼樣的麻煩呢？

「發現新的轉生者了。」

哦，原來是這麼回事啊。

原來如此，我現在明白魔王為何特地留下這些人了。

畢竟梅拉透過吸血子這層關係，跟轉生者也算是有緣，而鬼兄自己就是轉生者。

「我之後也會告訴蘇菲亞這件事，畢竟要把她叫來這裡不太妥當。」

嗯，把幼女帶來參加軍團長會議確實不太好。

說完，魔王將視線移向鬼兄。

「詳細情況就麻煩實際見到對方的拉斯來說明吧。」

嗯？鬼兄有見到對方？

咦？在哪裡見到的？

仔細想想，在這個時間點，鬼兄會在什麼地方遇見轉生者？

他忙著在跟叛軍戰鬥，該如何見到對方？

再說，雖然發現轉生者在我們這些當事人眼中確實是件麻煩事，但是對魔王來說，發現轉生者應該不是那麼重要的事情吧？

畢竟這件事跟魔王又沒有多大的關係。

那她為什麼會說這件事很麻煩呢？

啊……我現在有股非常不好的預感。

「我遇到的人是老師，而且是在先前的戰爭中遇到的。地點是北方城鎮，她當時正在協助叛軍，她是妖精的一員。」

…………咦？

……什麼？

不會吧！

閒話　兄弟

我一邊從後面抓著布羅的脖子，一邊快步走向我在魔王城裡居住的房間。

布羅沒有抵抗，就這樣跟著我走。

雖然身為公爵家當家的我也做了不少鍛鍊，但能力值還是比不上率軍實戰的布羅。

只要布羅想抵抗，就可以輕易揮開我的手，但他沒有那麼做，應該是因為他也知道自己做錯了吧。

如果可以的話，我希望他能反省自己的作為，洗心革面向魔王大人效忠，但長年的交情讓我敢斷言他絕對不會那麼做。

抵達自己的房間後，我粗暴地打開門，把布羅推進去。

然後跟著走進房間，大聲地把門關上。

如果有其他人在場的話，恐怕會因為我不同於往常的行為而驚訝吧。

面對不是非常親密的人，我基本上都會恭敬有禮地應對。

甚至會在說話時把自稱從「我」改成「在下」。

換作是平常的話，我絕對不會做出這麼粗魯的行為。

幸好在來到這裡的路上沒有遇到任何人，我的形象才得以保住。
為了避人耳目，我是以最短距離從會議室走到這裡，但沒有遇上任何人不過是好運。
要是被其他人看到我這副模樣，事情明天肯定會在城裡傳開。
更重要的是，我不想讓任何人聽到我接下來要說的話。
與之相比，關於我個人的傳聞只是無關緊要的小事。
如果是在沒有別人的我的房間，就算說些危險的話題也沒關係。
「大哥……」
被推飛的布羅一臉無辜地回過頭來。
我使盡全力在那張臉上狠狠地揍了一拳。
「嗚……！」
雖然往後退了一步，但布羅沒有倒下。
不愧是有在鍛鍊的人。
就憑我這個整天都在辦公的傢伙，就算使盡全力出拳，也會因為能力值上的差距而無法造成太大的傷害。
反倒是揍人的我的拳頭會痛。
「你這個笨蛋！」
但是，我無暇顧及這樣的痛楚。

我直接用還在痛的手揪住布羅的胸口。

「你知道自己剛才站在什麼樣的立場上嗎！」

「大……大哥……」

「你知道對吧！別跟我說你不知道！你被當成半個叛徒了！只要一個搞不好，就準備上斷頭台了！」

「大哥，我……」

「你想說自己沒那個意思嗎？笨蛋！你的想法根本不重要！你過去的言行舉止，讓你輕易就會被人拱為反魔王派的代表人物！別人才不會管你內心到底是怎麼想的！所以我才一直叫你改正自己的態度啊！」

每次碰面時，我都會不厭其煩地勸告他。

而他不聽勸告，一直對魔王大人擺出反抗態度的代價，就是這次的事件。

我粗暴地放開抓住布羅胸口的手，無力地癱坐在椅子上。

布羅彷彿心裡頓失依靠，一臉茫然地站著不動。

「為什麼你當時不立刻處死華基斯？」

即使心裡明白布羅做不出那種事，我還是如此問道。

我很清楚。

布羅贊同華基斯的主張，把華基斯當成同伴。

更何況，華基斯與布羅確實是長年一起率領各自軍隊的同伴。
正因為他不是只把華基斯當成同伴，而是兩人本來就是真正的同伴，所以就算魔王命令他下手處刑，他也不可能立刻就下得了手。
即使如此，如果他當時立刻就下手的話，事情應該就不會變得這麼糟了。
「大哥，我……我真的下不了手。」
「嗯，我想也是。」
魔王大人也是因為明白這點才會刻意刁難他。
為了讓布羅成為下一個犧牲品。
魔王大人的政策無論如何都會受到大多數人的反對。
因此，向魔王大人造反的勢力遲早會出現。
華基斯只不過是倒楣變成眾矢之的罷了。
華基斯個性認真，而且太過憨直了。
所以，他才會被拱為叛軍的首領，受人利用。
而下一個要被利用的就是布羅。
「布羅，這樣一來，你就是反魔王派的代表人物了。不管你怎麼想，這件事都已經無法改變，就算你沒有那個意思，反魔王派的人們也會聚集在你身邊，這點你明白嗎？」
「……嗯。」

這件事已經改變不了了。

布羅直接統領曾經反叛的第七軍，而且平常就表現出反抗魔王的態度。

再加上剛才那場會議。

雖然在華基斯的袒護之下逃過了最壞的結果，但布羅想要違抗魔王大人下達的處刑命令也是不爭的事實。

這個錯誤讓他不服從魔王大人的意思表露無遺，就算被別人誤會他是叛軍的一員也不奇怪。

事實上，其他軍團長應該都是這麼認為的，而魔王大人也希望他們這麼認為。

沒錯。

那場會議就是一場鬧劇。

全都是為了把今後的反魔王勢力推給布羅去處理。

軍團長之中應該有真正在協助華基斯的叛徒。

那些叛徒讓華基斯成為眾矢之的，自己只負責暗中支援，不留下決定性的證據。

而讓那傢伙……或是那些傢伙知道，布羅是魔王大人公認的華基斯後繼者，就是那場會議的真正用意。

不管布羅實際上有沒有造反的意圖，反魔王勢力都會聚集到他身邊。

這一切都是魔王大人的安排。

因為這樣她比較容易管理。

「聽好，你只剩下一條路可走，那就是設法管好聚集而來的反魔王勢力，別讓他們發難。當你管不住他們的時候，就是你被斬首的時候。到時候死的人不會只有你，這次應該會變成一場大肅清吧。」

也許是直到現在才理解自己的處境，以及失敗時該負的重大責任，布羅倒吞了口口水。

「為什麼……為什麼事情會變成這樣？」

那是我想說的話。

但是，這也是沒辦法的事。

對魔王大人來說，布羅實在太合適了。

毫不隱藏對魔王大人的反抗態度的布羅，最適合拿來塑造成反魔王勢力的領袖。

而且他還沒有實際謀反，就算不情願也會乖乖聽從魔王的指示。

如果要找人在擔任反魔王勢力領袖的同時也順利地管好底下那些傢伙，恐怕沒有比他更好的人選了。

但是，有一件事情千萬不能誤會，那就是魔王大人絕對沒有期望布羅會達成任務。

如果他能達成任務當然最好，但就算他失敗了也無所謂。

到時候只要把聚集而來的反魔王勢力一掃而空就行了。

不管結果如何，這對魔王大人都是有利無害。

如果布羅成功，就不需要進行多餘的肅清，如果他失敗了，也能徹底掃除危險分子。

對布羅來說，他必須一邊率領反魔王勢力，一邊又不得不遵從魔王大人，可說是兩面不是人。

雖然這是只要走錯一步就會摔落地獄深淵的險峻之道，但如果想要活命，就必須走過這條路。

雖說是過去態度不好的布羅自食惡果，但我不希望見到這種結果啊！

「喂，大哥，我真的只有這條路可走了嗎？」

「布羅，別再說了。不能繼續說下去。」

我知道布羅想說什麼。

其實他應該是想要率領反魔王勢力討伐魔王大人吧。

但是，如果辦得到的話，我就不用這麼辛苦了。

「我說過很多次了，在你徹底明白以前，不管幾次我都會繼續說下去。我們是絕對無法戰勝魔王大人的。真要我說的話，反抗魔王大人只不過是在自尋死路罷了。」

聽到我這麼說，布羅露出無法接受的表情。

但不管他能不能接受，這都是事實。

布羅應該也很清楚魔王大人不是普通的人物。

即使如此，他應該還是很難相信吧。

相信就算窮盡全體魔族之力，也無法打贏魔王大人這種事。

如果沒有親眼見到，我或許也無法相信吧。

不，我肯定不會相信。

那種荒唐無稽的事情，我不可能相信。

「布羅，在你遇過的魔物之中，單一個體實力最強的是什麼魔物？」

即使因為我突然轉移話題而感到困惑，布羅依然在想了一下後如此回答。

「以群體來說，毫無疑問是巨口猿最強，但以單一個體來說的話，應該是奧布洛鳥或迪姆貝克獸吧。」

布羅最先提到的巨口猿是一種棲息在魔之山脈的魔物。

這種魔物的別名是復仇猿，總是成群結隊行動。

一如其別名，只要群體中的一員被殺，那些傢伙就會前來復仇。

而且不惜賭上整個族群的性命。

因此，只要殺死一隻巨口猿，就會立刻發生重大慘劇。

如果迎戰前來報仇的群體，又會殺死新的巨口猿。

復仇的連鎖永遠斬不斷，直到群體全滅以前，巨口猿都會一直前來報仇。

光是這樣就已經很棘手了，巨口猿還會不斷繁殖，從魔之山脈定期往外流。

每次一到巨口猿大舉外流的時期，我們甚至還得動員軍隊前去迎擊。

就棘手這點來說，魔族領地沒有比牠們更棘手的魔物了。

至於布羅提到的奧布洛鳥與迪姆貝克獸，則分別是巨大的怪鳥與巨獸。

雖然這兩種魔物都沒有特殊能力，卻能憑藉著與那巨大身軀一點都不相符的敏捷動作，以及巨大身軀特有的蠻力輾殺敵人。

兩者都是強大的單純魔物，但也正因為單純，所以還算好應付。

雖然以單一個體來說，這兩者確實都比巨口猿還要有威脅性，但巨口猿的威脅性在於其群體。

真要說哪一邊比較棘手的話，答案絕對是巨口猿。

「布羅，你有信心自己一個人擊敗奧布洛鳥和迪姆貝克獸嗎？」

「看情況。如果做好充足的事前準備，並設下陷阱，那也不是辦不到。不過恐怕還是得賭上性命吧。」

儘管嘴巴上說必須賭命，他的臉上依舊充滿了自信。

他應該是確信自己能辦得到吧。

「如果沒有那些東西，只靠自己的實力呢？」

「那就沒辦法了。」

即使有一瞬間說不出話，布羅最後還是大方認輸了。

他一時語塞，應該是因為不想承認這個事實吧。

「那如果奧布洛鳥和迪姆貝克獸以跟巨口猿一樣的規模成群進攻，你覺得會怎麼樣？」

「那應該會是一場苦戰吧。」

不管是奧布洛鳥還是迪姆貝克獸，只有一隻的話都還能夠應付。

在能夠使用陷阱等道具的情況下，布羅有信心獨自擊敗牠們，如果許多人一起前去挑戰，就能在不犧牲任何人的情況下成功將其獵殺。

可是，如果牠們像巨口猿那樣成群進攻呢？

只有一隻的話，巨口猿是比奧布洛鳥和迪姆貝克獸都還要弱的魔物。

即使如此，每當巨口猿大舉外流時，還是會出現為數不少的犧牲者。

萬一比巨口猿還要強大的魔物以同樣規模的數量前來襲擊，魔族恐怕會受到非比尋常的損害吧。

而那很可能會是一場賭上魔族存亡的大戰。

「你想像得到那副光景嗎？可是，就算是那樣的魔物大軍，魔王大人也能一邊哼著歌一邊將其殲滅。」

聽到我這麼說，布羅用懷疑的眼神看了過來。

糟糕。我說錯話了。

雖然我只是陳述事實，但舉的例子太過誇張，反倒失去了可信度。

「你不相信？但這是事實。」

「如果是大哥說的話，我相信。」

即使嘴巴上這麼說，布羅看起來還是無法接受。

「總之，千萬別有違抗魔王大人這種愚蠢的想法。雖然你的處境可說是糟透了，但還不到最糟的地步。我會盡量幫助你的，所以，你一定要撐過去。」

沒錯。

雖然情況很糟糕，但還不到無法挽回的地步。

即使非常窄，但也還有活路。

「拜託了，別讓我看到你……讓我看到親人死去的模樣。」

「大哥……」

我的真心話讓布羅一時語塞。

「抱歉。我知道了，我會盡力而為的。」

布羅說出充滿決心的話語，而我只能選擇相信。

閒話　魔族老將領悟到敗北的事實

「慢著。」

走出會議室後，我叫住幾名準備快步離開的傢伙。

我叫住的人是第二軍團長沙娜多莉、第六軍團長修維，以及第九軍團長涅雷歐。

「亞格納大人，請問您有何指教？」

「你們自己心裡有數吧？還是說，一定要我說出來才行？」

涅雷歐代表眾人向我問道。

但他們不可能不明白我召集這些面孔是為了什麼。

「嗯……我實在不明白您找我要做什麼。」

可是，涅雷歐故意裝傻。

我早就猜到他會這麼做，既然他選擇裝傻，那我就只管說出自己想說的話吧。

「你們最好搞清楚，魔王大人是故意放你們一馬的。魔王大人的劍早已抵住你們的喉嚨了，要是你們還敢亂來，就不會再有下次機會了。魔王大人可沒有慈悲到會愛惜廢物的地步。」

雖然涅雷歐的表情不為所動，但沙娜多莉與修維的表情都變得有些緊張。

這三個傢伙就是暗中協助叛軍的軍團長。

我沒有證據。

可是，我就是知道。

這點魔王大人也是一樣。

雖然她讓布羅成為眾矢之的，但那也是為了要釣出這三個傢伙。

如果他們因為自己並沒有在剛才的會議被提到就掉以輕心，不小心露出馬腳的話，魔王大人就會毫不留情地處理掉他們。

「要不要聽我的勸告是你們的自由。只不過，要是你們不聽，下場恐怕難逃一死。事情就是這麼簡單。」

丟下這些話後，我轉過身邁開腳步。

我勸過他們了。

如果這樣他們還要違抗魔王大人的話，那就是他們自己的事情了。

我救不了他們。

更何況，沒有軍隊的涅雷歐能做的事情有限，像沙娜多莉和修維這樣的年輕人，不管想做什麼都必定會輕易露出馬腳。

就算涅雷歐在旁邊幫他們出主意也是一樣。

魔王大人就是這麼厲害，遠遠超出我的想像。

那三個傢伙不可能有勝算。
把陷入沉默的三人留在原地，我邁步離開。

在魔王城裡的房間裡，我深深地坐在椅子上思索。
思考自己今後的方針。
話雖如此，但這種事情已經不需要再想了吧。
雖然就算想了也沒用，但我還是試著找尋突破口。
我知道這只是垂死掙扎，也知道這麼做非常難看。
可是，不管我怎麼想，都想不到好主意，最後還是回到原本的結論。

那就是——已經無計可施了。

該死的波狄瑪斯……
我還以為他能多少派上用場，沒想到他居然什麼都沒做到就被擊退了。
讓人失望也該有個限度吧。
想到這裡，我忍不住自嘲。
不但試圖利用其他種族解決問題，失敗後還好意思暗自批判對方，我也未免太厚顏無恥了吧。

更重要的是，波狄瑪斯沒有過錯。

那傢伙踏實地為向魔王大人報一箭之仇一事慢慢做準備。

而他在做好準備之前就被擊潰，純粹是因為魔王大人的謀略更勝一籌。

別說是阻礙魔王大人的行動了，甚至沒有事先察知的我比他還要無能多了。

沒錯，我必須承認。

我徹底輸了。

我原本想讓魔王大人與波狄瑪斯互鬥，藉此削弱他們雙方的實力。

但這個計畫失敗了。

我細心地做足了準備。

由華基斯率領的叛軍絕對不可能擊敗魔王大人。

魔王大人也明白這點，她肯定會想要利用擊潰叛軍的機會，將反抗勢力一掃而空。

這樣我就能趁著魔王大人掉以輕心的時候，射出名為波狄瑪斯的暗箭。

涅雷歐、沙娜多莉、修維……

雖然我教訓了那三個傢伙，但那些其實都是廢話。

因為我才是叛軍的真正主謀。

雖然他們以為自己才是暗中操控這場謀反的人，但誘導他們如此行動的人正是我。

就算沒有證據，我也知道他們協助叛軍，正是因為這個原因。
沙娜多莉與修維都照著我的想法在行動。
涅雷歐也是一樣。
雖然涅雷歐可能有察覺到自己背後還有其他幕後黑手，但應該無從得知對方的身分才對。
也許他已經大概猜到了。
如果他有猜到，那剛才的對話應該能讓他理解我的想法吧。
至於那會讓涅雷歐做出什麼樣的抉擇，就不關我的事了。
在魔王大人前往人族領地的幾年內，我做足了準備。
煽動華基斯組織叛軍，鞏固華基斯與波狄瑪斯的合作關係，利用珍貴的空間魔法師，讓他們與妖精聯手設置轉移陣。
為了不讓人發現那些事都是由我主導，我沒有留下任何證據。
而且我還調整了從各個軍團流向叛軍的士兵數量，叛軍即使全滅，魔族也有餘力重新站起來。
這是為了避免叛軍人數增加太多，導致叛軍在被魔王大人消滅以後，害得魔族連能夠維持基本生活的人口都沒有。
正因為如此，我才會讓涅雷歐他們自始自終都躲在檯面下。
要是他們浮出檯面，連第二軍與第六軍都跟叛軍會合的話，很可能會導致其他軍團也加入叛軍。

萬一事情變成那樣，就會發展成將魔族一分為二的大規模內戰。

只有這個是無論如何都得避免的結果。

於是，我謹慎地組織叛軍，把人數鎖定在即使全滅也無所謂的範圍內，並且設計、誘導波狄瑪斯。

正好魔王大人下達了把妖精從魔族領地驅逐出去的指令，我便暗中處理掉潛伏在魔族領地的妖精。

然後我假裝對此事一無所知，向波狄瑪斯如此報告。

——最近在魔族領地不斷發生妖精失蹤的事件。

——你對此事可有頭緒？

如果是波狄瑪斯的話，聽到我這麼說，應該就會擅自猜測是魔王大人在暗中搞鬼。

然後，只要華基斯在這個時候向波狄瑪斯求援，他肯定會趁機行動。

因為那傢伙很討厭單方面吃虧。

雖然有些幼稚，但他是那種不立於眾人之上就絕不罷休的人。

如果被魔王大人擺了一道，他絕對不會放過能扳回一城的機會。

如果魔王大人與波狄瑪斯正面對決的話，會有什麼樣的結果呢？

結果恐怕只能聽天由命，但不得不利用波狄瑪斯這個外人，本來就是我這個不中用的傢伙唯一能想到的下下之策。

如果只要祈禱就能換來好的結果，那我肯定會不顧羞恥地祈禱吧。

我處心積慮才準備好了舞台，但我都還來不及開幕，舞台就被魔王大人摧毀了。

透過安插在各個軍團裡的忠實部下，我慎重地收集並且操縱情報。

然而，我卻完全無法察知魔王大人的動向。

她是在什麼時候察覺到叛軍的動向的？

叛軍的行動也不能算是稚拙。

應該不會那麼快就被魔王大人發現其存在才對。

但叛軍的動向居然輕易且毫無前兆地就被看穿了。

如果只有這樣倒是還好，只要當成是魔王大人的情報網比我想的還要廣大，那我就可以理解。

可是，連叛軍得到妖精幫助這件事都被發現了。

為了向魔王大人報一箭之仇，那是我手上唯一有用的王牌。

正因為如此，我非常小心地避免洩漏跟妖精有關的任何情報。

即使叛軍的存在被人發現，在事發之前也不能讓人發現妖精潛伏在叛軍之中。

魔王大人早就料到遲早會有人造反。

既然如此，那就算有人組織叛軍，她也不會慌張。

她應該會從容不迫地迎戰叛軍。

到時候我再讓妖精出擊，用這把能夠殺傷魔王大人的劍，殺她個措手不及。

不管叛軍的存在會不會被人發現，只要能把妖精的存在藏到最後就夠了。

但是，就連妖精的存在都被事先發現了。

若非如此，魔王大人不可能利用轉移陣反過來攻打妖精。

或許就是因為得知了妖精的存在，魔王大人才會行動也說不定。

最後，叛軍輕易受到鎮壓，妖精也無功而返。

哼。我也只能笑了吧。

能做的事情我全都做了。

我設法排除掉擁有壓倒性力量的魔王大人。

這原本就是一場無法確定能獲勝的豪賭，而我做了那麼多事情得到的成果，就只有體認到魔王大人是個遠遠超乎我想像的策士這個事實。

光是體認到這個事實，就已經是很大的收穫了。但是，花上好幾年才準備好的計畫失敗得這麼徹底，讓沮喪到極點的我反而莫名地想笑。

然後我領悟了。

只能領悟了。

——魔族的存活之道，只剩下跟隨魔王大人並且戰勝人族了。

武力敵不過魔王大人。

謀略也敵不過魔王大人。

早在武力敵不過她時，就已經幾乎無計可施了。

雖然我還是設法掙扎了一下，但結果連那也只不過是垂死掙扎罷了。

不。

我早就做好事情會變成這樣的心理準備了。

我早就已經預料到，不管波狄瑪斯做得有多好，都不至於殺掉魔王大人。

如果順利的話，說不定能讓魔王大人失去身邊的親信，以叛軍帶來的混亂為藉口，拖延與人族開戰的時間。

這大概就是我所能期望的最大成果吧。

然而，實際去做這件事之後，我才徹底明白那是多麼過分的奢望。

贏不了。

我已經無計可施，再來只能對魔王大人展現出恭順的態度，避免因為不必要的紛爭造成損害。

正因為如此，我才會勸告涅雷歐他們。

魔王大人目前似乎還不打算處理掉協助叛軍的軍團長。

如果她有那個意思的話，早就已經下手了。

連我小心隱瞞的妖精相關情報都能掌握的魔王大人，不可能不知道那三個傢伙與叛軍的關聯。

只要他們別輕舉妄動，魔王大人應該會暫時放過他們。

有問題的反倒是我。

我能感覺到視線。

劍就擺在伸手可及的地方。

但我故意不伸手去拿。

一個……二個……感覺到的視線不斷增加。

是眼睛。

無數發出紅光的眼睛正盯著我看。

房門依然緊閉。

然而，那些眼睛無視於空間的限制，窺視著這個房間。

那是一大群白蜘蛛。

那些蜘蛛從四面八方注視著我。

這副光景十分詭異。

心臟跳得飛快。

我已經許久不曾聽到這樣的心跳聲了。

為了不被人發現我緊握的拳頭早已流滿冷汗，我努力地讓自己面不改色。

然後，一道白色的身影出現在我眼前。

「歡迎您大駕光臨。不過，女士獨自造訪男人的房間可不是什麼好事。」

我只擔心自己的聲音有沒有在發抖。

不能讓對方察覺我心中的動搖與恐懼。

雖然這可能是最後了，但我也有不能放下的骨氣。

或許正因為這可能是最後了，我才不想讓人看到自己狼狽不堪的模樣也說不定。

「啊，抱歉，我忘了您不是獨自前來。」

看向聚集在周圍的白蜘蛛大軍，我露出諷刺的笑容。

如果不開個小玩笑，我怕自己會發出慘叫。

「那……請問您有何指教？」

我如此詢問出現在眼前的人物，也就是魔王大人的親信之中，那位名叫白的少女。

她是眼睛。

我非常確信。

這名少女就是魔王大人的眼睛。

不光是叛軍的動向，就連妖精的動向都能掌握到的監視之眼。

然後，如果魔王大人擁有這樣的眼睛，那我至今所做的一切應該也早就被看穿了。

若非如此，這名少女不可能會在這個時間點前來，在這種狀況下與我碰面。

白色少女靜靜地佇立著。

雖然她閉著眼睛，但周圍的白蜘蛛彷彿在代替她一樣，凝視著我的臉。

簡直就像是在審視我一樣。

「指令。」

不知道過了多久。

這段感覺起來既不長也不短，但卻是我人生中最難熬的時間結束後，少女總算開口了。

然後，她用不太流暢的語調，接連說出幾句簡短的話語，告訴我指令的內容。

「那是魔王大人的意思嗎？」

她所轉達的指令內容令人有些難以置信。

如果那是魔王大人的指示，我實在猜不透其中的意圖。

被我這麼一問，周圍的白蜘蛛大軍像是要表達不滿般的開始躁動。

牠們一副隨時都會撲上來的樣子，把我嚇得膽戰心驚。

「要聽嗎？」

這個問題是什麼意思？

是針對我的問題，問我要不要聽魔王大人的想法嗎？

還是說，她是要我乖乖聽從她所下達的指令嗎？

照這個樣子看來，應該是後者才對。

我抬頭往上一看。

出現在眼前的本該是天花板才對，但我卻看到無數白蜘蛛正俯視著我。

這彷彿是在宣告我無處可逃一樣，讓我不由得露出自嘲的笑容。

「我承認，我徹底敗北了，再也無力反抗，而敗者理應臣服於勝者。我願意誓死效忠魔王大人，不管是要鳥盡弓藏，還是要殺要剮，全都悉聽尊便。」

我筆直看著少女的臉，如此宣言。

「如果魔王大人無意在此殺掉我，我必會全力完成指令。」

我已經做好被殺掉的覺悟。

因為我犯下的過錯就是如此嚴重。

「是嗎？」

然而，我所得到的回答，卻是令人洩氣的短短一句話。

然後，以那句話為契機，周圍的白蜘蛛接連消失了。

空間魔法……而且還是我從未見過的高難度術式。

難道這就是傳說中的空間魔法的進化技能——次元魔法嗎？

看來不光是魔王大人，她的部下也同樣是怪物。

「麻煩你了。」

說完，少女本人消失了。

我連魔法發生的瞬間都沒有察覺，她的身影就忽然消失了。

只剩下一如往常的房間。

這副光景實在太過稀鬆平常，甚至讓我懷疑剛才發生的事情是不是在作夢，抑或是看到了幻覺。

但是，我緊握到滲出鮮血的拳頭，以及不那麼做就無法保持平靜的心，卻告訴我那些都是現實。

即使做好被殺的覺悟，我似乎還是無法不感到畏懼。

果敢赴死的華基斯還比我有出息。

……結果我的所作所為，就只是害華基斯犧牲罷了。

失去了那名憨直的男子，卻沒有得到任何東西。

蠢貨啊……

那句話應該拿來罵我，而不是罵魔王大人才對。

我即使被魔王大人怒斥為叛徒，明白自己的行動有多麼可恥，也還是選擇反叛魔王大人。

真正的蠢貨只剩下一條路可走。

那就是成為魔王大人的走狗，努力讓盡可能更多的魔族得以倖存。

我不能讓華基斯白白犧牲。

閒話　魔族老將領悟到敗北的事實

我要利用他的死來警惕其他軍團長，避免再次發生叛亂。
萬一發現即將叛亂的前兆，我甚至不惜弄髒自己的雙手加以阻止。
布羅不幸地接下了為此善後的任務。
雖然這也是平時言行不檢點的他自作自受，真正可憐的應該是巴魯多才對。
為了不讓那對兄弟陷入不幸，我會全力幫助他們。
是我垂死掙扎才把事情搞成這樣，所以必須由我親手善後才行。
既然放我一馬，就表示魔王大人認為我對她還有用處。
我必須讓她覺得自己的判斷沒錯，努力表現自己討她歡心。
捨棄羞恥心和面子吧。
我是悽慘的輸家，只能低頭求饒，看魔王大人的臉色過活。
然後藉此討得她的溫情。
不是為了我這條命。
而是為了魔族全體的延續。
不管這條路有多麼艱險，我都非走不可。
因為我只剩下這條路可走了。
現在，就讓我先從完成接到的指令開始做起吧。

6 我要投訴

老師。

對轉生者來說，這兩個字只代表一個人。

讓我們變成轉生者的契機，是發生在教室裡的爆炸。

當時正在上古文課。

而負責上古文課的老師，正是岡崎香奈美老師。

除了我這個例外之外，她是轉生者中唯一不是學生的人。

而這位老師遇到鬼兄了。

這倒是無所謂。

只不過，遭遇的地點與狀況，以及老師所屬的種族並不好。

鬼兄看到老師正在協助叛軍。

早在這一刻就已經夠讓人傻眼了，但老師居然還是妖精。

妖精……沒錯，就是跟那個波狄瑪斯同樣的種族。

太扯了……

實在是太扯了……

這樣不對吧！

仔細想想……不，這種事不用想也知道不對吧！

雖然一切的一切都令人難以置信，但也不能放著不管。

難怪連魔王都說這件事很麻煩！

雖然我知道會讓魔王嫌麻煩的事，也就只有跟妖精或轉生者有關的事，卻沒想到這兩件事居然會攪和在一起啊！

根據鬼兄的說法，他似乎讓老師逃掉了。

當他忙著跟老師說話的時候，妖精生化人襲擊他，其他妖精則趁機抱住老師逃跑。

然後，在叛軍的俘虜之中，似乎也找不到老師。

正確來說，是一個妖精都沒被俘虜。

所有人似乎不是逃走就是戰死。

連一個妖精都抓不到實在很奇怪，我懷疑察覺自己可能會成為俘虜的妖精或許都自殺了。

也許他們是認為，與其被敵人活捉，還不如死掉算了。

這種想法很有波狄瑪斯的風格，但願意實際這麼做的妖精也是群可怕的傢伙。

算了，已經死掉的傢伙並不重要。

至於那些還活著的妖精，目前似乎正聚在一起，試圖逃離魔族領地。

因為使用了轉移陣，他們才會出現在北方城鎮。

但那個轉移陣已經被我的隕石摧毀，所以他們只能徒步回去了。

不過，就算轉移陣依然完好無缺，正規軍也還守著北方城鎮，他們應該還是回不去。

可是，想要徒步逃離魔族領地可不是一件簡單的事。

首先，那麼多人一起行動，不可能不被發現。

而且他們還得補給物資，不可能在不接觸魔族的情況下逃走。

雖然不曉得妖精協助叛軍的情報有多少人知道，但要是連市井小民都已經知道，有人去向軍隊舉報的話，他們就完蛋了。

話雖如此，但這個世界沒有網路，情報傳遞的速度很慢。

因此，妖精們正用相當快的速度南下。

他們應該是打算在情報傳開來以前盡量多趕些路吧。

可是，就算是這樣，北方城鎮與人族國境之間還是有著不短的距離。

在沒有魔族協助的情況下，想要移動那麼長的距離是不可能的。

而且真正的難關還等在他們好不容易抵達的國境。

魔族與人族長年交戰，一直虎視眈眈地盯著對方。

雙方的關係差到只要有人跨越國境，就會二話不說直接殺掉的地步。

沒錯，一旦跨越國境，他們就會被人族殺掉。

雖然國境上也有能夠讓人通過的地點，但那種地方都有人族建立的要塞鎮守。

想要通過那種地方是不可能的。

那只要避開那種地方不就行了嗎？

事情可沒有那麼簡單。

首先，得先排除掉在地形上難以移動的地方。

其中最好的例子，就是我們通過的魔之山脈。

普通人根本不可能穿越那種地方。

至於除此之外的通道，則是些雖然沒路但也不是走不了的地方。

那種地方會有盜賊出沒。

正確來說，他們是人族公認的強盜集團。

雖然做的事情跟典型的盜賊一樣，都是殺人越貨，但他們是在人族國家，也就是帝國的允許下從事掠奪行為。

有人可能會想，國家居然承認盜賊的存在，簡直無可救藥，但話可不是這麼說的。

因為他們對國防確實有貢獻。

他們會在國家管理不到的密道埋伏，擊退那些來自魔族領地的入侵者。

他們會在這種地點建立村子，或是建立移動式的聚落找尋獵物，把被發現的入侵者洗劫一空，同時從國家那邊領取報酬來討生活。

雖然他們的行為是掠奪，但這樣就能擊退幾乎所有來自魔族領地的入侵者了。

換句話說，如果那些妖精想要逃離魔族領地，就必定會遇上那些人。

雖然妖精或許能夠反過來擊退那些人，但他們畢竟都是從事殺光來自魔族領地的入侵者這樣的危險工作，所以實力高強。

以強行軍的方式通過魔族領地，因為趕路而疲憊不堪的妖精們勝算並不大。

一旦戰敗就會被殺光，但就算成功戰勝，也可以想見會有相當大的傷亡。

順帶一提，想要與他們交涉是不可能的。

畢竟那些人本質就是盜賊。

只要有獵物通過，就一定會襲擊。

因為這個緣故，就算想要跟他們交涉，也會連要展開交涉都有困難；就算成功展開交涉，也有極大的機率會失敗。

因為他們的工作就是殺死來自魔族領地的人。

他們不但藉此從國家那邊得到了賞金，也對這份工作感到自豪。

因為他們覺得自己是為了全體人族的安全，在那裡防範魔族的入侵。

雖然做的事情跟盜賊沒兩樣就是了！

所以，即使是妖精，只要是來自魔族領地的傢伙，都會被他們當成是獵物。

畢竟人族與魔族在外觀上毫無差別。

只要是來自魔族領地，不管對方是誰，他們都是先殺再說。

妖精？

從魔族領地過來，那就是魔族的同伴吧？

殺光他們！

事情八成會變成這樣吧。

因為這個緣故，老師他們能夠平安逃出魔族領地的機率非常低。

低到如果拿去跟職棒選手的打擊率做比較，會讓人覺得是在汙辱職棒選手的地步。

不過，其實我不在乎除了老師之外的其他妖精是死是活。

但遺憾的是，如果他們無法平安逃走，我也會很頭痛。

直接由我們來保護老師不就好了嗎？

沒錯，我也曾經這麼想過。

可是，我有無法這麼做的理由。

因為這個緣故，我必須從旁協助，讓老師他們能夠平安逃離魔族領地。

在從鬼兄那邊聽取事情經過的同時，我運用探知找出老師的位置，搞清楚目前的狀況後，就立刻做出了這樣的判斷。

「事情就是這樣，我們現在該怎麼做？」

鬼兄大致說明完畢以後，魔王如此問道。

此時就已經找出老師的位置，並且想好今後計畫的我實在是太能幹了。

「交給我。」

我如此宣言。

事不宜遲，我立刻展開行動。

首先，我要去找最適合協助妖精一行人前往國境的人物。

而那人當然就是負責鎮守魔族國境的領主，也就是上校。

呼……上校還真是個強敵呢。

沒錯。

事情就是這樣，我已經拜託上校支援妖精了！

說明情況還真是累人。

「有妖精。」、「逃離叛軍。」、「他們會經過。」、「前往人族領地。」、「你去支援。」

為了說出這些話，我真的非常努力了。

因為他突然反問，害我說出了奇怪的話，但幸好他好像能理解我的意思，答應了我的要求。

真不愧是上校。

實在太可靠了。

畢竟我都已經那樣嚇唬他了，他卻還能保持著從容不迫的態度。真的很厲害。

而且他完全明白我發出的威脅，可見他的腦袋果然比別人聰明。

你就是主導謀反的幕後黑手，而我知道這件事情。

就算我沒有說出這句話，他也能明白我的意思。

上校遠比被他利用的那三個小角色還要厲害。

跟那三個傢伙相較之下，直接扛起一切的華基斯更像是個大人物。

哼哼哼……

我可不會毫無意義地召集所有分體去瞪人。

那是在告訴他「我正在監視你」，也是在暗示他「我知道你的企圖」。

你問我為什麼要做那種拐彎抹角的事情？

答案是為了少說幾句話。

就算我不說，你也該知道吧。

我把這個殷切的願望灌注在眼神之中。

幸好上校很聰明，實現了我的願望，讓我非常高興。

不過，知道上校是幕後黑手的人就只有我。

上校沒做出任何會留下證據的事情。

他利用能夠信賴的部下，讓他們潛伏在各個軍團之中，然後指揮他們行動。

這樣的準備工作得耗費相當漫長的歲月才能完成，只有長壽的魔族才辦得到。

然後，他利用自己的人脈操控那些軍團長，讓他們組織叛軍。

上校的厲害之處在於，他本人完全沒有介入，卻還能誘使那些軍團長主動照著他的意思行動。

就算叫我去做同樣的事情，我也絕對辦不到。

如果不能徹底掌握人心，把一切因素全都計算在內，並且以絕妙的平衡操控局勢的發展，就辦不到這種事情。

這麼說來，我甚至懷疑就連波狄瑪斯可能都受到了上校的操控。

不，應該就是這麼回事吧。

如果是上校這樣的人物，應該明白光憑魔族是打不贏魔王的。

如果不把波狄瑪斯這個外人牽扯進來就毫無機會。

利用叛軍行動之際招來波狄瑪斯，讓他去對付魔王。

想到這個計謀若成功會招致的後果，我就不寒而慄。

把作戰計畫的關鍵部分託付給外人實在是非常大膽的想法。

仔細想想，魔族能夠得到妖精的支援完成復興，說不定也是上校精心策劃的結果。

畢竟波狄瑪斯就給人一種很好應付的感覺。

感覺只要把他捧上天，他就會說出「賣魔族一個人情」或是「讓魔族有餘力與人族鷸蚌相爭對我們比較有利」之類的藉口提供援助。

仔細想想就能發現，如果他把提供支援的餘力用在其他事情上，應該能換來更多的利益，所以妖精幫助魔族的意義其實並不大。

這麼一想，我就覺得上校靠著三寸不爛之舌說動波狄瑪斯是很有可能發生的事情。

如果辦得到那種事，那要讓波狄瑪斯與叛軍會合這種事也不是不可能辦到。

雖然這不會反應在技能上，但上校擁有的特技還真是可怕。

如果沒有利用分體收集情報這個犯規特技，我也不會發現上校的陰謀。

不過，這次的事件似乎讓上校領悟到，就算他想要違抗魔王也沒用。

如果那麼有才幹的人物願意全面協助我們，那他將會是最可靠的同伴。

與其把他處死，不如好好活用比較有利。

不過，還是必須小心監視他，別讓他有機會亂來。

事情就是這樣，我讓上校負責支援老師他們。

上校原本就跟波狄瑪斯有所勾結，就算暗中協助妖精，也不會讓人覺得不自然。

走投無路的妖精肯定會接受他的支援。

因為那不是陷阱，而是真正的支援，所以要是他們不肯接受，我也會很困擾。
這樣一來，他們在魔族領地中的旅途就算是安全了。
雖然還有要跨越國境的問題必須解決，但老師他們還要一段時間才會抵達那裡。
在這段空檔，我有件事情非做不可。
那就是去找某人投訴。

我先轉移到空中。
看招！必殺雙飛腿！
可是，對方似乎也預料到我的行動，從我踢過去的地方消失了。
衝過頭的我就這樣撞上牆壁，雙腿刺進牆壁裡面。
……不久前好像也曾經發生過類似的慘劇，但這一定是我想太多了。
我可不是那種會被過去綁住的女人！
「歡迎光臨。可是，我希望妳來的時候能再稍微安靜一點。」
面對我這個一出現就突然整個人插進牆壁的奇怪訪客，房間的主人好心規勸。
我無視她的意見，把腳從牆壁裡拔出來。
牆壁的修理費？
我當然不打算賠！

我將視線從牆上的破洞移開，重新看向這個房間的主人。

除了身上的顏色以外，那女人跟我就像是同一個模子刻出來的。

不用說也知道，那女人就是我的原型，同時也是創造出那個世界的系統的神D。而這位D正面無表情地望著我。

然後，她雀躍地移動了位置。

讓暫停的遊戲重新開始。

為了閃避我的雙飛腿，她似乎讓遊戲暫停了。

那種旁若無人的態度讓我有些不爽。

我先抓住她的肩膀讓她轉過身來，再用雙手揪住她的領口把她提起來。

就是經常出現在電視劇裡的那個動作。

只不過，差別在於我的力量有經過魔術的強化，讓D整個人都被舉到空中。

只要用魔術強化臂力，就連這種事情都辦得到。

這樣妳就知道老娘現在有多麼憤怒了吧！

可是，聽到輕快的撕裂聲後，我手中的重量突然變輕了。

覺得不對勁的我低頭一看，結果看到穿著一身破衣服的D。

啊……這也難怪。

就算D的體重再怎麼輕，一旦整個人的重量都集中在衣服的其中一點上，衣服會破掉也很正常吧。

然後，衣服破掉之後，身體失去支撐，整個人被舉到空中的D往下墜落。

雖然D的衣服誇張地裂開，變成一副春光外洩的不檢點模樣，但她的表情毫無變化。

如果她因為羞恥心而稍微紅了臉的話，那倒也還算可愛，但完全面無表情就有些嚇人了。

在半夜看到全裸的人偶或許就是這種感覺也說不定。

「妳也稍微害羞一下啊。」

「我的身體可沒有難看到不能見人，我有信心自己擁有全世界最美的肉體。」

D很自然地說出超級自戀的話。

呃……該怎麼說呢……

總覺得這種奇怪的氣氛讓我瞬間怒火全消。

嘆了口氣後，我從衣櫃裡隨便找了件衣服，朝向D扔了過去。

移植了D的部分記憶的我，大致知道這個房間裡面有什麼東西。

D接住我丟過去的衣服，脫下破衣服開始更衣。

「要玩遊戲嗎？」

然後她一開口就是這句話。

這傢伙實在太過旁若無人，我完全無法把她帶進自己的節奏！

我有種想要放棄一切的衝動，無力地垂下肩膀。

雖然我早就知道，因為實力上的差距，就算我跑來找D抱怨，最後也註定還是拿她沒轍，但這已經不是實力的問題了。

沒想到我居然不是輸給實力差距，而是輸給這種不管跟她說什麼都沒用的感覺。

這種感覺就像是明明確實有在對話，但卻完全無法與對方溝通似的。

能夠讓人認真覺得事情可能真是如此這點，讓我重新體認到D果然是個超乎常識的傢伙。

她的精神面已經從根本上脫離生物的範疇了。

「我不玩。因為我今天是來投訴的。」

雖然就算說了也是白說，但我還是得完成來到這裡的目的。

「是為了岡崎老師的事情對吧？我也一直在期待妳們碰面會擦出什麼樣的火花，沒想到妳居然是透過別人才得知老師的存在，讓我有點失望。難道妳不能來場更有戲劇性的邂逅嗎？反倒是我想要找人投訴呢。」

「誰理妳！」

為什麼我得被人強加這樣的期望，還得莫名其妙被人怪罪！

我又不知道老師人在哪裡，也不知道她在做些什麼，怎麼可能有辦法演出那種戲劇性的邂逅！

不對，要是我事先知道的話，那就不能算是邂逅了吧！

雖然人們常把「萍水相逢」或「命運的邂逅」掛在嘴邊，但那種戲劇性的邂逅通常是不會發

生的！

無視於大吼大叫的我，D拿起擺在旁邊的洋芋片包裝袋，一邊顫抖一邊撕開。

妳也未免太過旁若無人了吧！

我從D手中搶過包裝袋，一口氣吃光裡面的洋芋片。

這是我在測試能否運用空間魔術，做出跟魔王的暴食類似的效果時練成的特技。

當然，由於我這個本體的胃非常小，所以我實際吃下的也就只有一口。

剩下的都送到分體那邊去了。

啊，許久沒有吃到……不，是有生以來第一次吃到的洋芋片還真是好吃。

雖然我有著以若葉姬色的身分吃洋芋片的記憶，但那只是D賦予我的虛假記憶。

實際上，我在前世根本不可能吃過洋芋片這種東西。

畢竟前世的我是蜘蛛。

洋芋片被搶走的D像美國人般誇張地聳聳肩，表現出一副「真是拿妳沒辦法」的態度。

而且當然是面無表情。

怎麼辦？我現在超級不爽。

好想一拳揍在那張沒有表情的臉上。

「為什麼要讓老師轉生成妖精？妳是來問這個問題的嗎？」

沒錯！就是這樣！

我會跑來向Ｄ抱怨，就是為了她偏偏讓老師轉生成妖精這件事！

我們這些轉生者都是在Ｄ的操控下轉生到那個世界的。

而轉生後的身分也是由Ｄ選擇的。

換句話說，老師會轉生成妖精，肯定是Ｄ故意這麼選擇的。

如果她轉生成人族或魔族當然無所謂。

就算轉生成吸血鬼也還算可以。

至於轉生成像我或鬼兄這樣的魔物……我就退個一萬步，勉強算是還能接受吧。

可是，轉生成妖精是不行的！

因為那可是妖精喔。

說起妖精，不就是被那個波狄瑪斯當成奴隸的種族嗎？

不，就某種意義上來說，妖精比奴隸還要可憐。

因為不管是否有這種自覺，所有妖精都是波狄瑪斯的棋子，或者傀儡。

讓老師轉生成那種種族，想也知道是不行的吧！

「原因自不待言，因為我覺得這樣好像比較有趣。」

又來了。Ｄ最擅長的愉快犯發言。

「在那個世界裡，妖精扮演著非常重要的角色。既然如此，妳不認為故事裡至少應該要有一個登場人物是妖精嗎？」

我一點都不這麼認為。

這只會讓轉生成妖精的人變得不幸罷了。

以現況來說，那人就是老師。

可是，對一個把世界當成玩具，斷言那是娛樂的D來說，對於只是把一個人變得不幸這種事，她大概毫無感觸吧。

我反倒覺得她會說出「別人的不幸甜如蜜」這種話。

「而且如果妖精能夠得知轉生者的存在，事情會變得非常有趣。為了讓事情變得更有趣，我送了她一個有點奇怪的技能。」

早在D說事情會變得有趣時，我就猜到那不是什麼正經的技能了。

而我的猜想完全正確。

「我賦予她的技能是學生名冊，那是能夠得知部分轉生者情報的技能。」

啥？

什麼……！

等……等一下。

這是什麼意思？

波狄瑪斯會跑去襲擊吸血子，都是因為濫用了那個技能嗎？

「事情就是妳現在想的那樣。」

咕！我又被讀心了嗎？

「我沒有讀心，只是用猜的罷了。」

D說的沒錯，我完全感受不到有任何術式發動的跡象。

我並沒有被心眼之類的技能讀心，D純粹只是預測到了我的想法罷了。

雖然那樣也很可怕就是了。

「那位男妖精的表現超出了我的期待，沒想到他居然能把絕大多數的轉生者都弄到手。」

咦？

等……等一下！

可以先等一下嗎？

什麼意思？妳剛才說了什麼！

雖然受到的打擊太大，導致我的語彙能力變得低落，但我現在可顧不得這種小事。

「什麼意思！」

「就是妳聽到的意思。至於他打算利用那些轉生者做什麼，我可不能告訴妳。這已經是我看在我們的交情，特別優待妳才告訴妳的機密情報了喔。」

雖然最重要的部分沒有被明說，但既然跟波狄瑪斯扯上了關係，就絕對不會是什麼好事。

話說回來，雖然她說得好像是對我很好才特別告訴我這件事，但我知道她肯定是因為覺得這樣會比較有趣，才會告訴我這件事。

D就是這種人。

「不但成熟明智，還對學生很有責任感。如果把寫有死亡預定時期等情報的學生名冊這個技能，交給這種可說是模範教師的人物，妳覺得會怎麼樣？」

可惡！這個邪神居然給老師這麼過分的技能！

要是看到那種情報，老師肯定會為了設法避免學生死亡而展開行動。

雖然我可能會因為覺得事不關己而選擇無視，但身為一個有良知的日本成年女性，而且還是老師的她，就算為了拯救學生而四處奔走也不奇怪。

然後，就算波狄瑪斯利用這點圖謀不軌，以波狄瑪斯的個性來說也是很有可能的事情。

真的假的……

老師的情況比我想的還要嚴重多了。

這真是太慘了。

借用某位魔法少女的經典台詞，就是「過分……這真是太過分了！」。

我這可不是在開玩笑。

「她很拚命喔。儘管自己也還是幼童，卻還是為了學生冒險走遍世界各地，然後把想要親手拯救的學生交給最壞的傢伙。嗯，真是太可愛了。」

「嗚！妳這……！」

這句話實在讓我忍無可忍，怒火一口氣爆發。

我舉起拳頭準備揮向Ｄ。

「妳知道自己為什麼會那樣替老師抱不平嗎？」

這句話阻止了我。

這傢伙到底在說什麼？

這不是理所當然嗎？

「就算看到其他轉生者陷入不幸，妳也不會那麼在意不是嗎？」

我無法完全否定這句話。

「妳不會在意的。就算妳知道轉生者的存在，但只要對方不是出現在妳眼前，妳就完全不會放在心上。即使當上神以後，妳也沒有積極尋找轉生者，這就是最好的證據。不管是吸血鬼也好，還是鬼也好，雖然妳會幫助眼前的轉生者，但也只限於力所能及的範圍之內；雖然不至於見死不救，但也不會想要拚盡全力幫助他們；雖然會多少同情他們的境遇，卻不會替他們感到憤慨。而這樣的妳，為什麼只對老師的境遇感到那麼憤慨呢？」

那種事情還用問嗎？

那是因為……呃……

因為身為一個人，我無法對老師見死不救？

不可能是因為那麼高尚的理由。

更何況我根本不是人，沒有那種人類特有的情感。

D說的沒錯，我對轉生者並不太感興趣。

出於同鄉之情，要是遇到轉生者，我會出手幫忙，但也就只有這樣。

吸血子與鬼兄只是單純被我碰上，我才會跟他們扯上關係。

如果沒有偶然相遇，我肯定不會在意他們的死活。

如果當時沒有遇到吸血子，就算她被波狄瑪斯殺掉了，我應該也不會把這件事放在心上吧。

當然，現在的我跟吸血子已經相處了很久，對她也有感情了，如果吸血子被殺掉的話，我應該會非常憤怒吧。

可是，那是因為我們相遇了，並建立了深厚的交情。

就算從未相遇的轉生者死掉，我也不會有任何感覺。

老師也一樣，雖然我知道她的現況，但並沒有直接跟她說過話，很難算是已經相遇。

因為處於這樣的狀態，我們也沒有機會加深交情。

然而，我卻氣憤到特地跑來找D抱怨的地步。

如果說這是因為老師轉生成妖精，在波狄瑪斯這個敵人底下誕生的話，倒也並非如此。

換作是其他人的話，我可能會心想「又是D幹的好事嗎！」但應該不會氣到跑來這裡抱怨。

沒錯，這都是因為那人是老師。

正因為是老師轉生成妖精，我才會來到這個地方。

「真有趣。這實在是很有趣。妳明明已經幾乎沒有蜘蛛時代的記憶，應該不記得那份恩情了才對，難不成那是刻在靈魂深處的感情嗎？這實在有趣極了。」

沒錯。

我幾乎不記得前世還是普通蜘蛛時的事情了。

即使如此，在若葉姬色的記憶裡，確實有過一件令我無法視而不見的事情。

『嗚哇！這裡有隻超大的蜘蛛！』

『噁心死了。喂，掃把拿來，我要打死牠。』

班上的男生們來到學校，準備打死在教室裡結網的我。

而若葉姬色，也就是D靜靜地看著這一切。

『給我等一下！』

就在這時，老師趕到了。

『即使是一寸之蟲，也有五分的赤血丹心。要是隨便殺掉牠，那牠不就太可憐了嗎？』

『咦……』

男學生拿著掃把，一副不太情願的樣子。

『聽好了，蜘蛛可是益蟲喔，牠會吃掉其他的害蟲，而且牠明明那麼可愛不是嗎？』

『一點都不可愛吧……』

男學生一邊抱怨，一邊勉強聽從老師的要求。

『大家都聽好，不可以殺掉這孩子喔。』

『好啦好啦。』

『真是太好了呢，你也要努力活下去喔。』

我想起來了。

正因為發生了那件事，我才能得到在那間教室存活的權利。

正因為發生了那件事，我才活了下來。

老師是我的救命恩人。

那是從若葉姬色的視角看到的記憶，不是身為蜘蛛的我前世的記憶。

可是，就算失去了記憶，靈魂也依然記得那份恩情。

所以，我必須向她報恩才行。

救命之恩就要賭上性命去還。

「我話先說在前面，不管妳在這裡對我做了什麼，老師的現況都不會因此改變喔。」

「我知道。」

可是，我得做個了斷。

我把揮到一半就停下的拳頭完全揮出！

拳頭貫穿Ｄ的臉，止不住的衝擊力甚至把腦袋轟得稀爛。

「這樣妳滿意了嗎？」

可是，當我把手抽回來的下一個瞬間，D的腦袋就像是在表演超高速倒帶一樣恢復原狀了。

有夠噁！

這種再生能力是怎麼回事？

強到有點嚇人的地步。

此外，在腦袋再生的瞬間，D不小心洩漏出的些許魔力強得足以令我感到畏懼。

那股可怕的魔力彷彿死亡本身滿溢出來了一樣。

雖然D自稱是最惡的邪神，但她本人可怕到連那名號都顯得遜色的地步。

像我這種小角色，她肯定能在轉眼之間就殺掉。

分體復活術？

那種花招不可能對D管用。

這一瞬間讓我如此確信。

可是，彷彿剛剛那全是一場騙局般，那股魔力很快就消失無蹤。

「啊，我搞砸了。剛才的魔力八成被發現了。」

D說出莫名其妙的話。

「？」

「妳不用在意，這是我的事情。」

算了，D這人本來就神祕莫測，既然她說不用在意，那我就算在意肯定也沒用吧。

「我要拯救老師。」

「請便。我只是個旁觀者罷了，不管要做什麼，都是妳的自由。我不會強迫妳，也不會妨礙妳。」

聽到我如此宣言，D很乾脆地答應了。

我想也是。

一如本人所說，D只是個旁觀者。

雖然她三番兩次地干涉我，但也都只是稍微拉我一把的程度而已。

雖然得到睿智給我很大的幫助，但反過來說，除此之外，她頂多就只有給過我一些建議而已。

而且她只有出手相助，至今還未曾出手阻礙過別人。

……至少對我們轉生者來說是這樣。

這傢伙曾經對跑到艾爾羅大迷宮見我的邱列邱列說過一些話，把他趕走。

然後，在ＵＦＯ事件時，她也把邱列邱列擋了下來。

所以，即使嘴巴上說自己是旁觀者，但她並非完全置身事外。

她說不會妨礙我，肯定不是騙人的。

可是，其他事情就無法保證了……是嗎？

「沒錯，我頂多只會在老師的學生名冊上寫些假情報吧。上面明明沒寫說那些情報都是真的，老師還深信不疑，她被我耍得團團轉的樣子很值得一看喔。」

總之先狠狠揍她一拳再說吧。

這傢伙……！

個性也未免太惡劣了吧！

D的腦袋再次爆裂四散，下一個瞬間又完全再生。

「別擔心，今後我不會再做那種事了。正確來說，應該是再也做不到了才對。」

喂，妳說今後不會再做，不就代表以前做過嗎？

我是不是應該再給她一拳？

話說回來，她說再也做不到是什麼意思？

「找妳很久了。」

答案我很快就知道了。

透過不是我也不是D的第三者之口。

回頭一看，我發現眼前有一位女僕。

咦？女僕？

女僕面帶微笑看著D。

該怎麼說呢？

雖然她是位看起來非常溫柔，清純端莊的大和撫子型美女，她的笑容卻很可怕。

我不知為何聯想到「母親」這個詞。

大概是那種「千萬不能反抗她」的意思吧。

她明明是那種很適合用手拄著臉頰說「哎呀哎呀」或「呵呵呵」之類台詞的溫柔大姊姊，為什麼會給人這麼可怕的感覺呢？

啊，雖說是大姊姊，但她胸前的裝甲並不是很厚。

糟糕，我不能想這種事情。

為了不讓女僕的怒火延燒到這邊來，我得躲好才行。

「我太大意了。為了隱藏自己的所在位置，我用了各種手段，沒想到還是因為剛才的再生露餡了。」

「妳太缺乏身為最上級神該有的自覺了。這次的離家出走到此結束，來，跟我回家。」

啊，原來這人是來把離家出走的Ｄ帶回去的嗎？

難怪她會給人一種無法違抗的感覺。

「還有，那東西是什麼？」

女僕看著我這麼說。

她剛剛是用「那東西」來稱呼我嗎？是嗎？

雖然她這麼稱呼我讓我有點不爽，但我覺得自己打不贏她。

畢竟我甚至沒發現這位女僕出現了。

話說回來，她明明這麼漂亮，存在感卻非常稀薄。

這應該不是魔術的效果吧？

我找不到那種不自然的地方。

然而，她的存在感卻稀薄到令人難以置信的地步。

雖然她應該是用了我不知道的技術把存在感消除掉，但我總覺得她好像隨時都會從我眼前消失。

換句話說，我早就中了她使出的術式。

能夠這麼輕易就讓我中招的傢伙絕對不可能是個弱者。

「這東西是我的新玩具。」

竟然連妳也說我是「這東西」，還把我當成玩具！

不過這八成是她的真心話吧。

正因為是真心話，所以才狠毒。

「看起來好像不是普通的分身，這東西到底是什麼？」

拜託別把人當成東西好嗎？

啊，可是我不是人，是蜘蛛才對。

「這是為了瞞過妳的耳目，讓靈魂數量保持一致而誕生，卻意外變成神的突然變異體蜘蛛。」

「……莫名其妙。」

真的，讓人這麼一說，連我自己都覺得莫名其妙。

經過一連串奇蹟般的際遇，我居然當上了神。

看了自己的神奇經歷，連我自己都會想要吐槽，換成是別人的話，可能連該怎麼吐槽都不知道，只會覺得困惑吧。

「總之，我們回去吧。妳的工作已經堆積如山了。」

「我不想回去，也不想工作，我想就這樣玩一輩子。」

D開始耍性子。

雖然很遺憾，但看到她那副模樣，我更確信這傢伙是我的原型了。

「別說那種任性的話了，如果妳不工作，那誰要來代替妳管理冥界？」

「嗯。」

D指著女僕這麼說。

嗚哇……

我看到女僕面帶微笑，但額頭爆出青筋的幻覺了。

「可是我要管理地獄，已經很忙了。」

「但也不是辦不到吧？」

「這不是辦不辦得到的問題，勞動是妳的義務。乖，跟我回家。」

女僕終於來硬的了。

她從後面一把抓住D的脖子，直接把人拖走。

看來她是要用最原始的手段把人帶走了。

「不好意思，事情就跟妳看到的一樣，我暫時沒辦法回到這裡了。所以，我也沒辦法干涉那個世界的事情。至於那個系統，就算我不去干涉也不會有問題。」

D一邊被拖走一邊如此說道。

「沒錯，我無法干涉系統。換句話說，就算有人從外部干涉系統，我也無法進行防衛。」

這不就表示……！

「這間屋子裡的東西妳可以隨意使用，說不定藏有什麼方便的道具喔。」

哎呀？

難不成這就是所謂的餞別禮嗎？

既然能夠隨意使用，那我就儘管拿來用吧。

「啊，對了。雖然沒辦法干涉，但我今後還是會持續偷看的，當然要偷看啊。」

呃……我可不需要這樣的情報。

「我會一直看著妳的，妳要努力取悅我喔。再見。」

「別以為妳還有時間偷看。」

女僕露出燦爛的笑容向Ｄ如此宣告，然後就離開房間了。

我偷偷往房外看，但那裡已經沒有任何人了。

看來神的世界也很複雜呢。

雖然我總有一天可能也得踏足神的世界，但現在就先祈求上天讓Ｄ過勞死吧。

嗯～如果是因為我把Ｄ的腦袋打爆，逼她使用魔力再生，才讓女僕找到這裡，那我姑且算是成功向Ｄ報了一箭之仇吧。

老師，我替妳報仇了！

雖然老師的處境還是一樣糟糕就是了。

而設法解決這個問題就是我的使命了。

想報救命之恩，就得用更大的恩情去還。

……報恩啊……

報恩是應該的。

不能不報。

這麼一想，我就發現自己還有一個必須報答的恩人。

我們原先是敵人，卻又莫名其妙地和解，而且還一起行動，互相幫助。

然後，面對神化後變得很弱，過去彼此是敵人，就算被她殺掉也無法埋怨的我，這位大恩人並沒有見死不救。

雖然我現在依然在協助她，但這樣並不能還清她對我的恩情。

既然欠下了救命之恩，就得用更大的恩情去還。

嗯，我決定了。

我要拯救老師。

而且還要幫助魔王。

盡我所能，賭上性命。

這樣才算是報恩吧。

總之，現在就先在這間屋子裡尋寶吧！

嘿嘿嘿……

我得到身為神的D留下的超強道具啦！

會找到什麼好東西呢？會得到什麼呢～

閒話　吸血隨從的殲滅戰

到處都是慘叫聲。

火災的熊熊烈焰照亮了夜晚的漆黑。

夾雜在東西燃燒的異臭之中，血腥味從四面八方飄了過來。

這裡就是地獄沒錯。

聽完拉斯說的話之後，白大人就不曉得轉移到哪裡去了。

因為她似乎不會回來，我們便當場解散，但我隔天就又被愛麗兒大人叫去，再次前往昨天那間會議室。

當我抵達會議室時，愛麗兒大人與白大人已經在那裡了。

「抱歉。讓兩位久等了。」

「沒關係啦，反正我也才聽完小白說明。」

聽到我惶恐地道歉，愛麗兒大人大方地點頭，白大人也一副不在意的模樣，輕輕地點了點

頭。

雖然白大人的反應難以捉摸，但我最近也變得能夠稍微明白她的想法了。

不過，真的是只有稍微明白，不明白的地方還是比較多。

「那就先請小白說明一下吧。咦？什麼？要我來說？可以是可以啦。」

愛麗兒大人請白大人說明情況，但白大人卻在愛麗兒大人耳邊講了悄悄話。

變成吸血鬼後聽覺得到強化的我也能聽見白大人所說的悄悄話。

她說：「魔王來說明。」

雖然聲音很小，但說得相當清楚。

真難得。

白大人向來沉默寡言。

雖然那是讓她散發出超然氣質的主因，但相處一段時間後，我發現她應該只是不擅言詞，而不是沉默寡言。

她不是不想開口，而是不擅長說話。

而這樣的白大人居然沒有結巴，流暢地把話說完了。

雖然說出來的話絕對不算長，但換作是平常的她，應該會每說一個詞彙就停下，斷斷續續地把話說完。

……難不成她喝了酒嗎？

不知為何，白大人只要喝醉，就會變得多話。

當我因為變成吸血鬼而失落沮喪時，喝醉的她曾經為我加油打氣，所以這也不能算是一件壞事。

正因為有她當時為我打氣，我才能積極面對未來，下定決心要保護大小姐。

……雖然最近的大小姐變得太強，或許根本不需要我保護就是了。

「那就由我來說明吧。」

糟糕，現在可不是氣餒的時候。

我得仔細聽清楚愛麗兒大人所說的話。

不過，我突然發現昨天也在場的另一個人，今天並沒有出現。

「不用等拉斯嗎？」

拉斯——跟大小姐一樣，他也是轉生者。

他的過去也相當複雜。

對於走過跟大小姐一樣坎坷不平的人生的他，我暗自懷有一份親近感。

因為這個緣故，在同樣成為軍隊的一員後，我們的交情還算緊密。

因為年紀比我小，他要我直接叫他拉斯就好。比起對等的關係，他感覺起來應該比較像是我的小弟。

雖然當我還是人族的時候，也曾經有過隨從後輩，但因為我自己也很年輕，而且整天都跟在老爺身邊，跟其他隨從接觸的機會並不多，所以身邊沒有可以算是自己小弟的人。
這麼想來，其實感覺還不壞。
雖然想到他過去差點就殺掉我和大小姐，心情就會有些複雜，但他也有自己的苦衷，所以我已經不怪他了。
而那個拉斯卻沒有出現在這裡。
「啊，拉斯不會參加這次的會議。雖然我覺得他的實力應該沒問題，但凡事都有個萬一嘛。更重要的是，要是他的長相被人看到，可能會有些麻煩。」
長相？
拉斯的長相有什麼問題嗎？
想到這裡，我腦中靈光一閃。
「是跟轉生者有關的事情嗎？」
「正是如此。」
拉斯的長相似乎與前世時一樣。
換句話說，像大小姐她們那樣的轉生者，光是看到那張臉，就會發現拉斯的真實身分。
在先前與叛軍的戰鬥中，拉斯偶然遇到的那位叫做「老師」的人物，似乎也是因為這樣才發現他是轉生者。
據說「老師」在那個世界的語言中是教師的意思。

在這個時間點討論跟轉生者有關的事情，不知道是不是跟那位老師有關係的事？

「是跟那位老師有關的事情嗎？不對，拉斯的臉已經被老師看到了。」

話才剛說出口，我就發現自己的推測有問題。

愛麗兒大人說拉斯被看到長相會有麻煩，但老師已經看過他的臉了。

這樣並不合理。

「嗯……其實也不是無關。只不過，要說這是另一件事，這確實也是另一件事情。話雖如此，但也不是完全無關……不，應該說關係很大才對。」

聽完這種含糊不清的說法，我還是搞不清楚到底有沒有關係。

可是，愛麗兒大人並不像是在開玩笑，而是在思考該如何解釋。

不同於白大人，凡是需要解釋的事情，愛麗兒大人都會解釋得非常清楚。

如果是不需要說明的情況，她就會用微笑敷衍帶過，但這次的情況並非如此。

當她像這樣欲言又止，大多都是遇到了很難解釋的複雜事情。

只不過，在這種情況下，只要給愛麗兒大人一點時間，她就會整理好自己的想法，把事情解釋得一清二楚。

因此，我現在只需要閉上嘴巴，等愛麗兒大人理清頭緒就好。

「從頭開始說明，你應該會比較容易理解吧。」

而愛麗兒大人只煩惱了一瞬間。

她立刻就開始說明了。

真不愧是擁有思考超加速這個技能的人。

「首先，你應該已經聽說了，老師也是轉生者，還是其中唯一的大人，同時也是學校的教師。然後，就跟拉斯看到的一樣，她轉生成妖精了，而且她的目的是要保護其他轉生者。波狄瑪斯似乎還灌輸了她一些錯誤觀念，害她誤以為蘇菲亞是被我這個魔王綁架，所以，她才會冒險協助叛軍。目前為止沒問題吧？」

「沒問題。」

這些事情我也有所耳聞。

既然魔王大人在此停頓，就表示接下來她要說的應該是還沒告訴我的新情報吧。

「然後，雖然包含她在內的妖精集團成功逃離了戰場，但根據小白的調查，那些傢伙似乎正徒步南下，往人族領地前進。」

「這舉動還真是有些無謀呢。」

「就是說啊，雖然這也是因為他們只有這條路可走就是了。不過，雖然他們照理來說應該逃不掉，但麻煩的地方就在於，我們有不得不放他們逃走的理由。」

不得不放他們逃走的理由？

照理來說，那種理由應該不存在才對。

妖精是屢次與我們作對的仇敵。

不但襲擊大小姐，還殺掉了老爺與夫人。

當時的悔憾以及對妖精的憎恨，至今依然在我胸中燃燒。

就算撇開我個人的恩怨，妖精對愛麗兒大人來說也是敵人，沒理由讓他們活著回去。

如果有的話，那就是混在其中的老師這位轉生者，但也可以把她抓起來，讓她活著，留在我們手邊。

相較之下，故意放她活著回去麻煩多了。

「你認識波狄瑪斯對吧？雖然那傢伙經常露面，但那不是波狄瑪斯本人，而是肉體被他占據的別人，那傢伙擁有這樣的能力。因此，不管殺死多少個出現在我們面前的波狄瑪斯都沒有意義，因為那不是他本人。」

魔王大人說出那名男子的祕密，讓我受到不小的震撼。

因為我以為他只是在操縱毫無意識的機械。

雖然我這個不夠聰明的腦袋無法完全理解機械這種東西，但我至少知道那是雖非生物卻能行動的東西。

機械不是生物，而是一種工具。

那名男子的身體就是外型有如人類的機械，由他本人從遠處進行操控。

我原本是這麼以為的。

可是，如果那東西不是外型有如人類的機械，而是真正的人類，那豈不是太可怕了嗎？

「這簡直不把人當人看，根本就是畜生的所作所為。」

「就是說啊。」

也就是說，那名男子不但自己躲在安全的地方隔岸觀火，而且還把肉體被占據的可憐蟲當成傀儡是吧？

這男人實在是爛到極點了。

「不過，雖說他能占據別人的肉體，但也不是誰都可以。因為那必須滿足相當嚴格的條件，所以不會發生『熟人某一天突然被波狄瑪斯占據肉體啦！』這樣的事情，這點你大可放心。」

聽到愛麗兒大人這麼說，我才體認到自己的想像力有多麼貧乏。

原來如此，如果波狄瑪斯可以無條件任意占據別人的肉體，那種事情也是有可能發生的。

我完全想不到那樣的可能性。

萬一大小姐被波狄瑪斯占據肉體的話會怎麼樣？

不，大小姐不可能這麼輕易地就交出自己的肉體。

反倒是我有可能被占據肉體，用這副身軀傷害大小姐……

萬一那種事情真的發生，我一定會死不瞑目。

想到這裡，我才發現那名男子的能力比我想的還要狠毒，而且令人作嘔。

幸好愛麗兒大人已經保證不會發生那種事情，所以應該不用擔心了。

可是，這讓我體認到占據別人身體的能力比我想的還要邪惡。

「只不過，老師是滿足那些條件的。」

原來如此，我懂了。

這就是這兩件事的關聯吧。

我本來還在懷疑那名男子的能力與剛才的話題有什麼關聯，原來是這麼一回事啊。

「一旦被波狄瑪斯占據過肉體，那人就等於死亡。因為能夠使用的技能是依附在身體主人的靈魂上，所以靈魂不會受到破壞。可是，一旦變成波狄瑪斯的容器，本人的意識就再也不會回來。換句話說，那人的未來將只剩下被波狄瑪斯當成容器的一生。」

那可真是悲慘啊。

「也就是說，萬一我們成功抓住老師的話……」

「波狄瑪斯毫無疑問會使用老師的身體吧。」

我覺得「使用」這兩個字，很有把別人當成道具的那名男子的風格。

我總算理解這就是無法輕易殲滅那些妖精的理由，卻又突然想到一個問題，忍不住開口問道。

「可是，這樣只是在延後問題發生的時間不是嗎？」

就算現在放過他們，如果不設法擺平那名男子，就無法從根本上解決問題。

再說，如果波狄瑪斯隨時都能占據老師的肉體，那這件事情也有可能正在發生。

就算把時間延後，我也不覺得這是什麼好事。

「事情就跟你說的一樣。只不過，如果我們如此行動，讓波狄瑪斯知道老師有當人質的價值，他就無法隨便對老師下手了。雖然這只是我一廂情願的想法就是了。」

對於我提出的疑惑，愛麗兒大人露出傷腦筋的表情如此回答。

她似乎也跟我有一樣的想法，不認為放過那些妖精是個好選擇。

如果是這樣的話，那做出放過妖精這個決定的人，就是在場的另一個人，也就是白大人了。

「聽說那位老師是小白的恩人，所以小白希望能盡量幫助她。」

看向白大人後，愛麗兒大人如此回答。

恩人啊……

也就是說，白大人前世時與那位老師有很深的交集吧。

以我來比喻的話，或許就是像老爺和夫人那樣的存在吧。

如果是這樣的話，那我就能理解白大人想要拯救老師的心情了。

萬一大小姐陷入那樣的處境，我應該也會做跟白大人一樣的事情吧。

「如果是這麼回事的話，我也不反對放過那些妖精。」

「謝謝你。」

傳入耳中的道謝聲，讓我在那一瞬間驚訝得停止了動作。

剛才那是白大人的聲音嗎？

我在想什麼理所當然的事情啊？如果聲音的主人不是愛麗兒大人，那當然只會是白大人。

白大人向我道謝這件事出人意表的程度，就是大到會令我如此懷疑的地步。

愛麗兒大人也驚訝地看著白大人。

也許是要掩飾自己的難為情，白大人一把抓住愛麗兒大人的臉，硬是往我這邊轉了過來。

「啊，好痛！」

不太妙的沉悶聲響從愛麗兒大人的脖子附近傳來。

「咦？痛？咦？我不是有痛覺無效嗎？奇怪？」

愛麗兒大人伸手按住自己脖子，露出不可思議的表情。

這表示她會痛嗎？

雖然不曉得原理，但白大人似乎無視了愛麗兒大人的痛覺無效技能，讓她感受到了痛楚。

「呃……算了！關於老師的部分，大概就是這樣了吧。聽說小白好像已經暗中布好局，確保那些妖精抵達人族領地邊界之前是安全的了。」

愛麗兒大人一邊輕撫脖子，一邊繼續說明。

既然她說「關於老師的部分」，就表示應該還有其他的事情吧。

「如果還有問題的話，那就是該如何幫他們跨越國境，以及跨越國境後該如何讓人族接納他們了吧。關於跨越國境後的問題，我和小白接下來會去處理，雖然還得視交涉的結果而定，但我想應該沒問題吧。然後，我希望你幫忙解決的問題，是跨越國境的部分。」

我知道總算要進入正題，立刻讓自己繃緊神經。

「如你所知，魔族領地與人族領地之間的國境是超級危險地帶，因為為了防止敵人入侵，魔族與人族都對國境嚴加地看管著。除了我們通過的魔之山脈這種例外之外，不管走到哪裡，都會被人暗中監視。如果那群妖精通過那種地方的話，後果應該不用說也知道吧。順帶一提，剩下的妖精都只有普通的實力喔。」

「他們應該會全滅吧，就算只死一半都算是很不錯了。」

「答對了。」

如果那些妖精使用機械的話，結果應該就不見得會是這樣。但既然愛麗兒大人說他們只有普通的實力，那應該就是指他們沒有那些東西吧。

「雖說都是妖精，但其實妖精分成兩種。一種是跟波狄瑪斯一樣會卯起來使用機械，我們都很熟悉的傢伙。另一種是根本不曉得機械的存在，而且發自心底相信妖精表面上提倡的世界和平理念的傢伙。而老師那一團妖精便屬於後者。」

「那些妖精還真是……」

這不就表示那些屬於後者的妖精只是在不知道真相的情況下，被那些屬於前者的妖精利用了嗎？

這麼一想，就讓我憐憫起那些妖精。

「嗯。我都叫他們笨蛋派妖精。」

這個過分到不行的外號讓我更同情他們了。

「先不管這個了。總之，只憑他們是無法平安跨越國境的。然後，當小白為了尋求對策而在國境上奔走時，偶然發現其他轉生者了。」

聽到這裡，我有種事情全都連在了一起的感覺。

這確實是雖然與轉生者有關，但是與老師無關，卻又不是完全無關的事情。

我能理解愛麗兒大人剛才為何會不知道該如何解釋了。

「那我是不是只要去迎接那位轉生者就行了？」

「不，不是這樣的。」

愛麗兒大人輕輕揮手，否定了我的猜測。

「我想拜託你的事情，是把那位轉生者……啊，對方好像有兩個人吧。我希望你去毀掉那兩位轉生者所在的國境線聚落。」

「咦？妳說什麼？」

我無法理解愛麗兒大人這句話的意思，做出了奇怪的答覆，但這也是沒辦法的事情吧。

然後，我現在正在趕往國境線的路上。

騎著的坐騎是迅騎竜。

牠是過去我和愛麗兒大人一起旅行前往魔族領地時，負責拉馬車的其中一頭地竜。

雖然牠當時還只是下位的騎竜，但後來就進化成現在的迅騎竜了。

雖然迅騎竜的體格與騎竜差不多，但牠不光是能力值有所提升，甚至還學會了土魔法，很擅長支援我這個騎乘者。

只不過，牠的能力值遠遠比不上我，還是從牠身上下來戰鬥會比較好。

我很期待迅騎竜今後的成長。

雖然魔物的技能很少，但能力值卻很出色。

只要提升等級，不斷進化，牠的能力值或許總有一天會超越我。

跟騎著迅騎竜奔馳的我一起並肩前進的巨獸，是進化後的另一頭地竜。

不同於迅騎竜，牠是捨棄讓人騎乘的能力，單純強化了戰力而進化的迅戰竜。

迅戰竜的武器便是其巨大的身軀。

牠的力量就跟外表一樣強大，因為從四足步行變成了二足步行，牠還能夠揮舞前腳攻擊敵人。

而且牠還有著那種看似遲鈍的外表難以想像的速度。

此外，因為牠是地竜，所以防禦力可說是堅不可破。

雖然無法像迅騎竜那樣使用土魔法，但單純就戰鬥力來說，迅戰竜更勝一籌。

這兩頭地竜都從旅行時代便一直支持著我，是我無可取代的同伴。

憑藉地竜的腳力，想要追過那群妖精是很容易的事情。

我已經追過他們，來到距離國境不遠的地方。

一旦來到這裡，再來只要按照指令行動就行了。

我想起從愛麗兒大人那邊接到這個指令時的事情。

「轉生者不能由我們來保護，不管怎麼說，那裡的地點都不好。住在國境線的人族非常團結，他們把同伴當成家人，就算對那些傢伙說要收養孩子，他們也不可能乖乖把孩子交出來。不，要是說了那種話，搞不好會被他們當場殺掉。在那裡，住在那裡的傢伙就是規則，外人全是敵人，所以就算外人試圖與他們交涉也沒用。你最好要有心理準備，想要用和平的手段保護那些轉生者，打從一開始就是不可能的事情，波狄瑪斯八成也是因為這樣才沒有對他們出手吧。」

我聽說住在國境線的居民都跟盜賊差不多。

雖然這樣的認知並不算是錯的，但他們都對自己防止了魔族入侵的功績感到自豪。

而且魔族與人族的外表幾乎一樣。

因此，一旦看到陌生人，他們都是先殺再說。

這樣的習慣代代延續下來，自然讓他們重視自己人，討厭外人，變成封閉的部族。

如果是認識的自己人，那就不是敵人；如果是外人的話，就有可能是魔族，所以要殺掉。

這樣的邏輯很誇張，但卻沒人提出意見，國境線就是這樣的地方。

「梅拉佐菲，我希望你消滅轉生者所屬部族的原因有兩個。第一，只要消滅那裡的傢伙，就能讓那群妖精通過；第二，逼迫轉生者離開那個地方。就跟我剛才說過的一樣，住在國境線的人族很重視同伴，而且不喜歡同伴離開當地。既然在那裡出生，就到死都不會離開國境線，這可說

是稀鬆平常的事情。可是這麼一來，當我向人族發動戰爭時，他們就會第一個死去。」

愛麗兒大人要向人族發起戰爭。

這已經是既定事實，無法改變。

然後，一旦真的開戰，魔族大軍就會跨越國境。

到時候應該也會跟住在國境線上的人族開戰吧。

至於誰勝誰敗，就不需要多說了。

「不管怎麼做都無法用和平的手段保護轉生者，只能消滅那個聚落，放過那兩名轉生者，然後放他們自由過活了。反正就算用強硬的手段保護他們，他們也不可能對我們抱有好感不是嗎？既然肯定會種下禍根，那與其把不必要的未爆彈留在身邊，還不如把他們放到外面自由過活，這樣不是好多了嗎？事情就是這樣，雖然是逼不得已的計策，但如果要開出讓妖精通過的路，並趁機讓轉生者逃跑，免得他們在將來被捲入戰火的話，就只能這麼做了。一石二鳥……這樣應該算不上吧。」

愛麗兒大人露出自嘲的笑容。

看起來像是在感嘆不中用的自己只能採取這種手段。

如果情況允許，愛麗兒大人應該也不希望採取這種手段吧。

可是，她有不得不這麼做的苦衷。

「順便告訴你，萬一不小心讓老師與他們接觸，事情又會變得更麻煩了。我們得在事情變成那樣以前主動出擊，把老師與他們分開才行。」

而被選中做這件事的人就是我。

若讓拉斯去做這個會被其他轉生者怨恨的任務，實在是令人感到過意不去。

能夠馬上行動，並且擁有足以消滅國境線部族的實力是完成這個任務的最低條件。

如果動員軍隊，就無法趕在妖精之前抵達國境線。

就行動迅速這點來說，我確實是合適的人選。

而且我知道內情，這點也很重要。

雖然我很懷疑自己有沒有能力消滅那支部族就是了。

「梅拉佐菲，你太看輕自己的實力了。因為身邊都是怪物，你才會毫無自覺，但是在普通人眼中，你也是十分可怕的怪物喔。」

愛麗兒大人是這麼說的。

真的是這樣嗎？

老實說，就算她這麼說，我也沒什麼實感。

因為加入了軍隊，在訓練時與別人做過比較，讓我知道自己變得比自己想的還要厲害。

可是，我還是不認為自己有厲害到可以算是怪物的地步。

我沒有才能。

為了保護大小姐，在變強這件事情上，我自認沒有疏於努力。

雖然白大人在旅行期間給我的訓練內容不合常理，但那確實有讓我變強，所以我至今一直有在持續進行。

不光是這樣，我還自己追加了更多的鍛鍊。

然而，即使我這麼努力，跟大小姐之間的實力差距依舊越來越大。

我的訓練量並沒有比大小姐少。

雖然有著大人與成長期孩童之間的差距，但我跟大小姐之間有著更大的與生俱來的才能差距。

大小姐是特別的。

不但是轉生者，還是吸血鬼的真祖，更是我敬愛的老爺與夫人的孩子。

相較之下，我原本只是個小小的隨從。

早在成為吸血鬼以前，我就知道自己沒有才能了。

雖然任何事情都能做得跟別人一樣好，但如果想做得更好，就總是會遇到挫折。

為了協助夫人，我從小時候就開始涉足各種領域，積極主動地學習。

拜此所賜，我具備的能力變多了，但每一種能力都比不上專業人士。

在各種家事上都比不過女僕，在政務上頂多只能輔佐老爺，護衛的實力連一名盜賊都打不贏。

雖然具備的能力很多，但不管我怎麼努力，都無法超過一定的水準。

這就是我。

即使在變成吸血鬼，能力值大幅提升以後，我與生俱來的特性也沒有改變。

也許是因為這樣吧。

就算愛麗兒大人說我辦得到，我也無論如何都無法完全相信。

「明天應該就會到了，今天就先在這附近休息吧。」

我讓迅騎竜與迅戰竜停下腳步，準備在此露營。

「明天應該會是一場苦戰，到時候就要靠你們了。」

我一邊輕撫兩頭地竜的頭，一邊餵牠們吃飼料。

多虧白大人給了我這個能把大量東西塞進異空間的包包，我才不用帶著一大堆行李。

這是用白大人的絲織成，並且灌注了她的魔術的道具。

雖然她隨手就把這個包包拿給我，但只要想到愛麗兒大人看到這東西時的驚訝表情，就知道這東西的價值肯定遠遠超出我的想像。

那位大人實在是很誇張。

因為我曾經在她失去力量的期間照顧過她，所以或許有多少報答了一些恩情，但我從她那邊得到的東西實在太多了。

我也想要幫上那位大人的忙，這也是為了要向她報恩，但需要用到我這種人的力量的情況應該不多吧。

因此，這次的任務就是那個難得的機會，我一定要確實做好才行。

可是，這樣果然還是不夠。

我的實力不夠。

遠遠不夠。

然而，就算我不斷地努力鍛鍊，實力也只會和其他人越差越多。

「或許總有一天，連你們兩個都會追過我也說不定。」

我向迅騎竜與迅戰竜如此說道。

兩頭地竜露出困惑的表情。

然後看向彼此的臉。

這樣的舉動讓我忍不住笑了出來。

雖然或許總有一天會被追過，但如果是這兩頭聰明的地竜，應該也會繼續跟隨我這個不中用的主人吧。

我不清楚未來的事情，只能盡全力活在當下。

這是沒有才能的我唯一能做到的事情。

努力應該無法填補才能的差距吧。

然而，如果不去努力，就連站在舞台上的資格都沒有。

大小姐或許已經不需要我的力量了。

就算她不需要我，我也至少不能扯她的後腿。

「愛麗兒大人說我辦得到，既然這樣，那我只能回應她的期待了。」

沒錯，我要鼓起鬥志，集中精神面對明天的戰鬥。

「敵人來襲！」

「對方只有一個人？太看不起人了吧！」

「什麼！這傢伙到底怎麼回事！」

「可惡！我看不到他的動作！太快了！」

「喂，這是在開什麼玩笑啊？為什麼人會斷成兩截？喂，我是在作夢吧？這只是場惡夢對吧？」

「混帳東西！給我振作一點！」

「不要！我不想死！」

「快讓女人跟小孩逃走！這裡已經沒救了！」

「老爸！這是騙人的吧！」

「別停下腳步！否則會被盯上！」

「可惡！可惡！你這該死的怪物！」

「哇呀啊啊啊啊！」

「喂，住手！拜託你住手！殺我就好！拜託你放過那傢伙！」
「大家快逃！快逃！求求你放過我們吧！」
「哈啊……那不是人，也不是魔族。那是有著人類外表的怪物。」
「你這邪魔歪道……！咕哇！」
「……神啊……」

殲滅兩名轉生者所屬部族的工作很順利地結束了。

在因為任務比原本預期的還要輕鬆而鬆了口氣的同時，自己還有心思感到放心這件事，也讓我有種複雜的心情。

自從下定決心保護大小姐後，我便接受了身為吸血鬼的自己，不再對每晚襲擊別人吸食鮮血這件事感到猶豫。

可是，我以為就算是這樣，自己也還沒有失去人性。但就算我虐殺了這麼多人，也依然能夠保持平靜。

這是因為我已經習慣，還是因為我已經做好覺悟，抑或是因為我連心都變成了名為吸血鬼的怪物？

就算思考這個問題也無濟於事。

只要是為了大小姐，不管是多麼殘酷無情的事情，我都願意去做。

不過，我還以為自己會更加糾結。

……這可不行。

如果能夠做好覺悟，那當然是件好事。

可是，如果我連人心都忘掉的話，就不是件好事了。

雖然為了繼續侍奉大小姐，我接受了自己變成吸血鬼這件事，但我不能連心都變成怪物。

那會讓我沒臉面對老爺與夫人。

身為吸血鬼，就不得不選擇有別於人類的生存之道。

可是，就算處於這種情況下，我也得替大小姐找出不會讓老爺與夫人難過的生存之道。

如果大小姐走錯路了，我有義務糾正她。

如果連我都沒有走在正道上，又怎麼能勸誡大小姐呢？

……或許已經太遲了也說不定。

或許我的身心都已經變成了怪物。

可是，就算是這樣，我也絕對不會選擇愧對於自己的生存之道。

這雙手已經染滿了鮮血。

要是老爺與夫人看到現在的我，應該會很難過吧。

但是，我已經發誓要以吸血鬼的身分活下去了。

即使全身沾滿鮮血，也要跟大小姐一起活下去。

不是作為人，而是以吸血鬼的身分，直到死亡的那一刻，都要抬頭挺胸地活下去。
這條路相當難走。
畢竟這本來就是一條沒有正確答案的路。
就算是這樣，為了至少要成為大小姐的模範，我只能繼續走下去。
「嗚……！」
所以，我千萬不能表現出迷惘。
我眼前有兩名孩童。
男孩正挺身保護女孩。
男孩應該很清楚自己毫無勝算吧。
即使如此，他還是用自己嬌小的身軀保護著女孩，我覺得他很了不起。
「兩個小鬼啊……」
我盡可能地用冷漠的口氣如此說道。
光是這樣就讓女孩臉色鐵青，彷彿快要昏倒，而男孩的身體也在顫抖。
在他們面前，有兩位女性的身體交疊倒在地上。
那八成是這兩個孩子的母親吧。
她們直到最後都在保護孩子。
「真是掃興。」

瞥了她們一眼後，我假裝自己是因為看到兩位母親的犧牲，才決定放過孩子。

儘管我實際上並沒有放過其他母子。

我故意放過他們，是因為這兩個孩子是轉生者。

然後，我轉身背對這兩個孩子，準備帶著迅騎竜與迅戰竜離開這裡。

「站住！」

可是，意想不到的事情發生了。

男孩叫住了我。

「名字……！」

有一瞬間，我沒能理解他的問題。

不過，我很快就發現他是在問我的名字。

面對鼓起勇氣詢問仇敵名字的男孩，我毫無隱瞞地說出自己的本名。

「梅拉佐菲。」

然後再次轉身背對他們，頭也不回地離開。

愛麗兒大人叫我讓他們自由過活。

不過，我想他們肯定不會有自由。

不會有選擇復仇以外的生存之道的自由。

如果他們還有其他的生存之道，那肯定就是彼此互相扶持，一起活下去了吧。

我還有大小姐。
所以，我才能優先選擇保護她，而不是選擇復仇。
希望他們也能跟我一樣。
但是，從那名男孩的反應看來，他八成不會這麼選擇吧。
那名男孩將來肯定會出現在我面前。
到了那時，我會以仇敵的身分與他對決。
可是，我不會故意放水輸給他。
我也有我的信念，以及生存的意義。
如果是為了貫徹信念，我甚至可以做出跟自己的仇敵——那個男人一樣的事情。
如果他要以我為仇敵，選擇走上復仇之道的話，那他最好當心一點。
我沒有波狄瑪斯那麼強大。
不過，就只有這無法撼動的信念，我自認遠遠強過那名男子。
就算他的復仇具有正當性，我也不打算繼續當個壞人。
如果想要殺掉我，就靠實力超越我吧。
到時候我也會傾盡全力反抗。
就算對手是跟大小姐有著同樣才能的轉生者也一樣。
我不會輕易戰敗。

老爺……

夫人……

我可能再也無法回到能讓你們笑著誇獎的生存之道了吧。

即使如此，我也會以吸血鬼的身分，就算不惜讓自己的雙手染滿鮮血也要繼續活下去。

這全是為了保護大小姐，並且報答恩重如山的愛麗兒大人與白大人。

閒話　麻香與邦彥

我的名字是櫛谷麻香。

雖然我也有在這個世界的名字，但我隱約有種預感，被人用那個名字呼喚的日子恐怕再也不會來了。

因為只有部族裡的人會用那個名字叫我，而同樣身為轉生者的田川邦彥，跟我都是用前世的名字互相稱呼。

既然除了邦彥以外的部族成員都死光了，那就肯定不會有人再用那個名字叫我了。

我好像轉生了。

為什麼事情會變成這樣，其實我也不太清楚。

根據邦彥的說法，所謂的異世界轉生似乎是輕小說裡的常見題材，但實際體驗過後，我只希望這是一場惡夢。

可是，當我回過神時，自己已經在未知的世界裡變成嬰兒了。

我無法用言語來形容當時內心的混亂。

順帶一提，我當時哭得死去活來，還被就在旁邊的邦彥目睹這段黑歷史，讓我很想一死了之。

即使如此，有著同樣境遇的邦彥就在身邊這件事，還是成為了我的心靈支柱。

我跟邦彥出生的部族是個盜賊集團。

就跟蒙古的遊牧民族一樣，以帳篷為家，為了找尋獵物而在國境線附近四處旅行。

然後，我們會襲擊發現的魔族，搶奪他們身上的財物，順便向國家報告，領取賞金。

也就是合法的盜賊團。

我很想趕快離開這種部族。

然後過上普通的生活。

雖然邦彥想要去冒險，但我喜歡普通的生活。

我想前往某個安全的國家，在那裡定居下來。

可是，我沒想到自己居然會以這種形式離開部族。

「看到了。」

「……是啊。」

在我視線的前方有一個城鎮。

雖然部族毀滅了，但幸好馬車與拉車的馬都平安無事。

因此，在挖好墓穴，把部族裡的大家埋起來弔祭之後，我們就把馬車後架裝滿貨物，然後前往城鎮。

就算一直待在那裡也無濟於事。

我們在城門附近向衛兵先生說明緣由。

衛兵先生露出傷腦筋的表情，但還是說：「如果是這樣的話，那通行稅就不用繳了，我建議你們去投靠教會。」然後放我們進城。

教會啊……

我不知道我們今後會怎麼樣。

可是，我們現在真的應該照他的建議前往教會嗎？

「戈頓先生，你是要出去解決委託嗎？」

「是啊。」

正當馬車緩緩前進時，我看到兩名男子正在交談。

邦彥也正看著那兩個人。

「！」

「喂！你要去哪裡啊！」

邦彥突然跳下馬車。

然後衝向其中一名男子，抓住對方的手。

「嗯？小鬼，你想幹嘛？」

「武士刀！而且戈頓不就是後藤嗎！」

「啥？」

邦彥突然叫了出來。

後藤？是戈頓還是後藤（註：「戈頓」與「後藤」的日文發音相似）？

就跟邦彥說的一樣，名叫戈頓的男子腰上佩著一把類似武士刀的東西。

然後，我總算理解邦彥那些話的意思，猛然倒抽了一口氣。

名叫後藤，還帶著武士刀。

難不成他是日本人？

雖然他的外貌與日本人相去甚遠，但這點我們也是一樣。

或許他跟我們一樣都是轉生者也說不定。

「呃……小子，你到底在說什麼？」

可是，我心中的淡淡期望似乎落空了。

這位戈頓先生是發自內心感到困惑。

相較於之後也興奮不已，夾雜著日語講個不停的邦彥，戈頓先生果然還是沒什麼反應。

「請收我為徒！」

可是，即使明白對方不是日本人，邦彥似乎依然認為這次的相遇有著某種意義。

他突然就向初次見面的人拜師了。

「呃……等一下，我該怎麼處理這種情況？我接下來必須去解決委託耶。喂，我到底該怎麼

辦才好？」

戈頓先生露出真的很傷腦筋的表情

就算覺得莫名其妙，他也沒有不理我們，那種和善的態度讓我緊繃的神經一口氣放鬆下來，當我回過神時，眼角已經流下大顆的淚珠。

儘管不知所措，戈頓先生還是向我伸出援手，這樣的溫柔讓我備受感動。

「咦？不會吧。喂喂喂，小妹妹，拜託妳別哭了好嗎？」

出生的部族莫名其妙突然被毀滅了。

我們不知道將來該如何是好，只能先來到這個城鎮看看，但前途依舊迷茫。

可是，感受到戈頓先生的溫柔後，我隱約覺得未來似乎也能順利過活。

雖然這是個殘酷的世界，但或許並沒有那麼糟糕也說不定。

我現在只想把那些麻煩的事情拋到腦後，放空腦袋大哭一場。

雖然事後回想起來，這肯定也會變成我的黑歷史，但我管不了那麼多了。

結果在那之後，聽到騷動的衛兵先生專程把教會的人帶了過來。

然後，教會似乎決定暫時收留我們。

這是件好事。

「我要變強。」

「嗯。」

閒話　麻香與邦彥

「那傢伙是魔族對吧？我要變得更強，打敗那個名叫梅拉佐菲的傢伙。我絕對要打倒他。」

「嗯。」

我不知道自己能不能辦到那種事，也不想做那種事，只想平靜度日。

可是，我更不想跟邦彥分開。

所以，既然邦彥想要報仇，那我就會奉陪到底。

只不過，現在就讓我跟個孩子一樣，盡情地哭個夠吧。

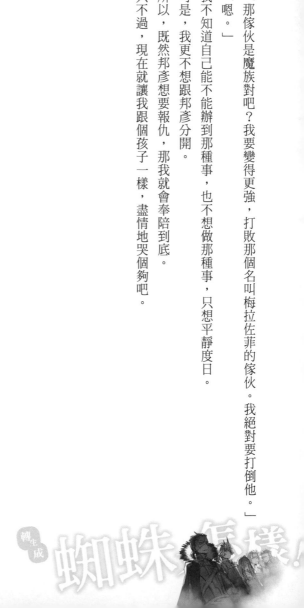

他們兩人的本名是櫛谷麻香與田川邦彥。雖然也有在這個世界的名字，但他們都以前世的名字稱呼彼此。此外，因為會叫他們今世名字的人都死光了，在那之後他們便自稱是麻香與邦彥。他們出生在魔族領地與人族領地的邊界，也就是俗稱人魔緩衝地帶地區的某支部族。該部族肩負防範魔族入侵人族領地的任務，凡是出現在邊界的陌生人，他們都會毫不留情地襲擊。因為這樣的習慣，他們對自己人很友善，同時徹底地排斥外人。麻香想要趕快離開這種部族，但邦彥卻想成為對抗魔族的戰士。因為他們兩人前世時是感情很好的兒時玩伴，今世也是有著同樣境遇的青梅竹馬，所以兩人都把對方當成無可取代的夥伴。經歷過部族毀滅這個危難後，他們之間的羈絆變得更為堅定，決定今後也要互相扶持、一起生活。

Asaka & Kunihiko

麻香 & 邦彥

7 恐嚇教皇

因為我跑去向Ｄ投訴，結果害得Ｄ被女僕抓走了。

雖然我想應該沒人知道我在說什麼，但其實連我自己都不曉得發生了什麼事。

不過，這樣我就不會受到來自Ｄ的干涉，可以更加恣意妄為了！

而且還借走了幾樣Ｄ留下來的道具。

……雖然全都是些跟整人玩具差不多的東西就是了。

不過，那些東西不愧是神的道具，效果確實相當厲害，應該可以派上用場才對。

可以！一定可以的！

然後，回來後的我一直不眠不休地進行調查。

雖然我已經拜託上校幫忙，確保那些妖精在抵達國境之前不會出事，但跨越國境之後就另當別論了。

雖說上校是魔族的大人物，但也只限於在魔族領地之內。

上校的影響力無法涵蓋人族領地。

因此，我得設法確保那些妖精在人族領地的安全才行。

目前的當務之急是解決掉位於國境線上的盜賊。
因為那些傢伙是見到不認識的人就殺的危險生物。
比三流魔物可怕多了。
我覺得應該把他們指定為特定危險生物才對。
而且因為那些部族之間的配合也做得很好，要是花太多時間去擊潰一個部族，其他部族就會趕去支援。
然後，要是騷動規模變大，人族的要塞也會派出正規軍去支援。
如果要對付他們，就必須迅速殲滅一整支部族。
魔王應該能在我們從人族領地來到這裡時辦到那種事，但她並沒有不惜引起騷動也要突破此處的想法。
可是，那群妖精非得突破此處不可。
因此，我得找尋容易突破的部族。
然後，我同時利用分體與本體調查國境線，結果有了意想不到的發現。
——用日語說話的男孩與女孩。
哎呀～
這個不管怎麼看都是轉生者吧。
他們稱呼彼此為邦彥與麻香。

我想想……在若葉姫色的記憶之中，叫這個名字的同學，應該是田川邦彥與櫛谷麻香吧？

雖然D好像說過波狄瑪斯綁走了為數不少的轉生者，但看來他沒對這兩個人下手。

畢竟地點是個大問題。

要是隨便出手，與國境線上的部族為敵的話，事情就麻煩了。

看來他是不希望發生那種事，才會明知道那裡有轉生者也不願意出手吧。

不，應該是不得不放棄才對。

因為要是他想帶走那兩個人，就只能消滅整個部族。

雖然波狄瑪斯應該辦得到那種事，但考慮到成本與效益的問題，不管怎麼樣他應該都划不來。

如果是波狄瑪斯那傢伙的話，肯定會因為不符效益而決定放棄。

可是，這下子就傷腦筋了。

光是老師的事情就夠讓我傷腦筋了，沒想到還會找到這兩個多餘的傢伙。

話雖如此，既然已經找到人了，我也不能當作沒看見。

雖然就心情上來說，我很想當作沒看見，但放著不管也不是好事。

要是放著他們不管，他們百分之百會因為被捲入魔王發起的戰爭而死。

而我們又不可能把他們接來身邊保護，那就只能逼他們移居到其他地方了。

畢竟如果要把他們帶走，就非得消滅整個部族不可。

要是我們真的那麼做，他們對我們一定沒有好感。

如果把他們留在身邊，就等於是養虎為患。

啊！真是的！麻煩死了！

真想乾脆把部族消滅掉，然後就丟著不管！

……等等，這個主意好像不錯喔。

不，應該只有這個辦法了吧？

要是放著不管，他們將來就會被捲入戰火而死；要是想要加以保護，部族肯定會拒絕，反過來襲擊我們。反正不管怎麼做，都沒辦法順利解決這件事。

既然如此，那乾脆用粗暴點的手段，先把他們趕出那個地方，再讓他們自生自滅不是比較好嗎？

之後的事情就讓他們自己去承擔吧。

不過，為了避免妖精去找他們麻煩，我還是得想點辦法就是了。

嗯，我決定了。

雖然不像對待老師時那麼客氣，但這也是沒辦法的事。

而且還能讓老師從被消滅的部族那邊通過國境。

只剩下這個辦法了。

既然決定要這麼做，那最適合做這件事的人選應該就是梅拉了吧。

雖然鬼兄八成也辦得到，但能力上稍微讓人有些不放心，而且叫轉生者去殺掉其他轉生者的親人這種事，我實在是做不出來。

就這點來說，梅拉的能力相當足夠。

要是被他拒絕的話，就到時候再想辦法吧。

雖然我不曉得吸血子今後打算怎麼做，但身為其隨從的梅拉並沒有義務全面協助我們。

畢竟不管說得再好聽，這個任務的本質依然是虐殺。

對因為戰爭失去故鄉，還被波狄瑪斯殺掉重要之人的梅拉來說，那只會刺激到他的心靈創傷。

因為這等於是叫梅拉親手去做同樣的事情，就算被他拒絕，我也怪不得他。

雖然有點麻煩，到時候就由我親自出馬吧。

好啦，國境線的問題就這樣處理，再來就是跨越國境後的問題了。

只有這個問題光靠我是解決不了的。

我得跟國境另一邊的人族領地支配者約個時間談談。

因為這個緣故，我必須去交涉才行。

去拜訪人族的實質支配者——神言教教皇。

「事情就是這樣。」

「喔、啊……嗯。」

「妳那種有氣無力的回答是怎麼回事？」

我明明這麼努力在思考對策，但聽完這些話的魔王，反應卻很微妙。

「不，這個嘛……嗯，該怎麼說呢？」

「妳到底想說什麼，給我說清楚一點。」

「被一個平時說話不清不楚的傢伙這麼說，只有我覺得非常不爽嗎？不對，那就是原因啦！小白，妳的個性會不會改變太多了？雖然我知道妳確實就是這種個性，但這也未免太誇張了吧！」

我好像惹火她了。

「咦……？」

「咦什麼咦啊！那是我要說的話吧！誰准妳突然變得這麼多話了！平常那個冒牌沉默神祕美少女跑去哪裡了！妳又喝醉了嗎？妳又喝醉了對吧！」

不，這就是最真實的我。

嗯。雖然不曉得原因，但只要是跟魔王說話，我就不會因為緊張而說不出話。

畢竟魔王吸收了我的平行意識——前身體部長，在血緣上也算是我的祖母，就算我能輕鬆自在地跟親人說話也一點都不奇怪！

不過，最大的原因應該是我心境上的變化。

面對突然變得喋喋不休的我，對此一無所知的魔王似乎陷入了混亂。

「算了，這種小事就先別管了吧。」

「這哪裡是小事了！」

「我們去恐嚇……咳哼，去找教皇交涉一下吧。」

「妳剛才想說的其實是恐嚇對不對！」

「啊，在那之前，還得先拜託梅拉去消滅國境線上的部族。」

「該死！這孩子完全不聽別人講話！這傢伙的個性也未免太奔放了吧！雖然我早就知道了！就算我早就知道了！」

我無視於不知為何吵個不停的魔王，把梅拉叫了出來，讓魔王把事情告訴他。

咦？叫我說明？

不，我可是冒牌沉默神祕美少女，那種事情實在有點……

魔王不太情願地說明原委，而聽完這些事情的梅拉爽快地接下了這個前去殲滅部族的任務。

要是他稍微表現出一點躊躇不前的態度，我便打算親自出馬，不會勉強他去做，但看來我是白擔心了。

雖然他好像在擔心自己的實力是否足夠，但那不是需要擔心的事情。

梅拉，就跟魔王也說過的一樣，你對自己的評價也未免太低了吧？

難道你忘記就連憤怒遭到封印，實力變得比你弱的鬼兄都能把叛軍殺得人仰馬翻了嗎？

總之，這樣應該就不需要擔心通過國境的問題了。

從梅拉的樣子看來，他似乎已經想通，心中毫無迷惘，只要把事情交給他就沒問題了。

事情就是這樣，我跟魔王要去其他地方。

直接殺到神言教教皇家裡吧。

好的，我們已經抵達目的地了。

這裡是神言教大本營聖亞雷烏斯教國的教皇辦公室。

我沒有事先預約，就帶著魔王轉移過來了。

也許是因為這樣，辦公室裡的文官們全都愣住，不知道從哪裡出現的蒙面俠們手拿武器保持警戒。

「住手！」

教皇大喝一聲，制止了看似隨時都會一擁而上的蒙面俠集團。

「就算你們全部一起上也不是她們的對手，給我退下。」

喔喔，真有威嚴。

雖然我接觸教皇的機會並不多，但是在我的印象中，他是個臉上掛著笑容，但心中滿是陰謀詭計的傢伙。

原來他在這種緊要關頭，也能拿下那張和善老人的面具嗎？

「那麼，愛麗兒大人，請問您今天有何指教？」

我才剛這麼想，他剛才展現出來的威嚴就在下一瞬間煙消雲散，換上平易近人的態度，恢復成和善老人的表情。

太可怕了！

這種切換態度的速度簡直非比尋常。

在不同於魔王的意義上，這位老爺爺也是個危險人物。

明明毫無戰鬥力，卻給人一種無法忽視的存在感。

不過，正因為他是這種人物，我們才會在這種局面下與他接觸。

「啊，你不用那麼嚴肅啦，我們是來進行和平交涉的，不打算在這裡跟你起衝突。」

「既然如此，那我希望妳們至少能從正門進來。看到妳們這樣毫無前兆突然出現，我也會被嚇到，這樣對心臟不是很好。」

「雖然你這麼說，但就算我們從正門進來，也只會吃閉門羹吧。」

「呵呵。說得也是。教皇這個身分雖然很好用，但有時候也令人頗為無奈。」

總覺得魔王與教皇之間飄散著一股悠閒的氣息。

他們兩人不愧是來往多年的朋友，或許都已經非常了解彼此了吧。

「這裡不好說話，我們換個地方吧。」

教皇向還沒放下武器的蒙面俠們揮了揮手，命令他們退下。

蒙面俠們迅速躲藏起來的模樣像極了忍者。

帥呆了！

可惜他們的動作全都被我看穿了。

「兩位請跟我來。」

教皇帶我們去的地方，是一間很有格調的客房。

先一步過來的僕人們已經在那裡準備好熱茶與點心了。

這肯定是其中一位蒙面俠下達的指示吧。

凡是老闆想做的事情，默契無間的部下都會率先完成。

這個職場的員工實在是被教育得太好了！

反觀魔王陣營，魔族各自心懷鬼胎，人偶蜘蛛又太有個性，在部下素質這方面可說是輸得徹底！

不過，教皇與魔王的個人實力天差地遠，要是連部下素質都比不上，那就太可憐了。沒錯。

雖然腦海中隱約浮現出人偶蜘蛛的長女激烈抗議的幻影，但這肯定是我想太多了。

「那……可以告訴我妳們的來意了嗎？」

教皇坐在沙發上，如此問道。

喔喔……這沙發柔軟到會讓人墮落的地步！

哼，可是還是比不上我的絲！

「我有兩件麻煩事想要請你出手解決，我是為此前來交涉的。」

魔王偷偷瞄了我一眼，露出「千萬不能交給這傢伙」的表情，接著便開始與教皇交涉。

真是失禮。

雖然這是事實沒錯，可是……！

我覺得她至少應該可以不要表現在臉上吧？

「麻煩事？」

「嗯，沒錯。那是光靠我們解決不了的事情。」

「原來如此。」

「消息靈通的你可能已經知道了，魔族領地不久前發生了一點紛爭，雖然事情已經解決，但我發現敵營混進了一些妖精。」

「這樣啊。」

「不過，那些傢伙已經被小白剷除掉了，所以問題不大。只不過，接下來這件事就有點麻煩了，我們發現了一位妖精轉生者。」

咦？

魔王居然這麼輕易就說出轉生者這個字眼。

「那可還真是麻煩啊。」

而教皇也非常自然地接續話題。

呃、呃……

看來教皇早就發現轉生者的存在了。

魔王猜到教皇應該會發現這件事。

教皇也料到魔王應該會如此猜想，完全不懷疑自己是不是被套話，所以才會自然地接續話題嗎？

這些傢伙真不是蓋的。

「光是有妖精轉生者存在就已經夠麻煩了，那位轉生者似乎還擁有特殊技能，能夠得到其他轉生者的簡易情報。」

「原來如此。該死的波狄瑪斯，怪不得他的行動會那麼快。」

「我猜你應該有針對波狄瑪斯的行動做些什麼處置，但只要那位轉生者還待在波狄瑪斯身邊，我們就無論如何都會在跟轉生者有關的事情上處於被動。」

「換句話說，我們得設法解決掉那位轉生者是嗎？」

教皇的眼睛在一瞬間閃過危險的光芒。

「其實真正麻煩的地方還在後面。那位妖精轉生者目前人在魔族領地，而且正試著逃到人族領地。我希望可以放過她，讓她跟波狄瑪斯會合。」

聽到魔王的提議，教皇露出狐疑的表情沉默不語。

然後垂下視線陷入沉思。

「這麼做的意義是……？」

不過，他似乎沒想到明確的答案，抬起視線如此問道。

「因為那位轉生者是小白的恩人。如果可以的話，我希望能救她出來。不過，那孩子已經被波狄瑪斯寄生了，因為目前沒辦法對她出手，所以只能先還給波狄瑪斯。」

魔王毫不隱瞞，清楚說明原因。

聽完原因後，教皇再次開始思考。

老實告訴他原因真的好嗎？

畢竟拯救老師只是我個人的願望，這件事與教皇完全無關。

考慮到我從別人口中聽說到的教皇為人，就算他得出應該為了全人族殺掉老師的結論也一點都不奇怪。

不，他剛才那種可怕的眼神，就是絕對有過那種想法的證據。

「我能得到的回報，就是妳們會擊敗妖精對吧？」

「沒錯。」

咦～？

咦？咦？

從剛才那些話是怎麼得出這個結論的？

還有，為什麼魔王會若無其事地表示肯定？

拜託快來人告訴我啊！

「妳已經做好擊敗波狄瑪斯的準備了嗎？」
「如果還沒，我也不會來找你交涉。」
他們兩人把我丟在一邊，繼續談了下去。
「……好吧。我會透過帝國的神言教教會，叫他們別對那群妖精出手，之後波狄瑪斯應該就會自己接回那些妖精了吧。」
「感激不盡。」
「只不過，妳說要擊敗妖精的承諾，可千萬不能違背。」
「那當然，也差不多是時候了結這段漫長的孽緣了。」
當我被扔在一旁的期間，這次的交涉似乎有了結論。
「其實還有另一件麻煩事，不過這件事應該算是附加的，並不會太難處理。在魔族領地與人族領地的國境線上不是有一些部族嗎？那裡似乎也有兩位轉生者。為了讓妖精通過，我會順便消滅那兩人所在的部族，並且放過他們。你能不能替我收留他們？」
「這種事哪裡好處理了？不過……好吧，我答應妳。我會順便聯絡帝國的教會。」
「謝謝。那兩位轉生者可以隨你使用，不管是要教育成對抗魔族的戰士，還是要拿去引誘妖精都是你的自由。」
喂喂喂……
這位魔王大人好像說出很不得了的話了。

那樣一點都不好吧。

不過，我們也消滅了那兩位轉生者所在的部族，就算要教皇手下留情，好像也很奇怪。

「嗯。那我就把他們當成是報酬收下了。雖然這件事確實很麻煩，但對我們也不是沒有好處。」

「那就這樣吧，麻煩你了。」

「嗯。交給我吧。」

「我之後應該會再來找你商量關於妖精的事情。我還要做許多準備，你就慢慢等吧。」

「我會引頸期盼。」

啊，他們好像談完了。

咦？你說我什麼事都沒做？

真沒禮貌！至少我有好好地享用那些熱茶與點心！

交涉？那不關我的事。

「那麼……反正繼續待下去也無濟於事，我們要告別了。」

「再見。期待下次能聽到妳的好消息。」

向教皇告別後，我在魔王的催促下發動轉移。

我們回到魔王城了。

「好像在不知不覺間就變成我們要去擊敗妖精了，這到底是怎麼回事？」

「我怎麼會知道啊！」

我問了有些在意的問題，結果魔王叫了出來。

不會吧？

「討厭啦！為什麼事情會變成這樣！到底為什麼！」

魔王大聲怒吼。

搞什麼，妳剛才不是一臉理所當然地點頭同意了嗎？

難不成妳明明沒搞懂對話內容，卻還是裝酷矇混過去嗎？

「那傢伙從以前就是這樣！頭腦轉得太快，總是擅自做出我根本沒想過的結論！那個笨蛋想太多了啦！」

魔王失去理智了。

看來類似的事情以前也發生過好幾次。

「算了，反正就算要我擊敗妖精，我也不會感到困擾。如果可以的話，我也想解決掉那些傢伙。」

鬆了口氣冷靜下來後，魔王一屁股坐在椅子上。

「問題在於，既然我說得那麼果斷，就不得不準備好真的能擊敗妖精的計畫了。事情就是這樣，小白，這件事情就交給妳。」

「為什麼是我！」

「當然是妳！事情會變成這樣都是妳害的，所以妳要負責解決！聽到沒有？」

好……好啦。

不行，我無法反駁。

「嗯……啊，原來如此。八成是因為那樣吧。因為要拯救老師，就一定要擊敗妖精。」

「什麼意思？」

看來魔王似乎明白教皇為何會得到擊敗妖精這個結論了。

「因為老師被波狄瑪斯寄生了。」

嗯。

波狄瑪斯的能力是占據別人的身體。

身體被占據的人到死都不會恢復意識，只能讓波狄瑪斯任意使用自己的身體。

只不過，不是每個人的身體他都能擅自使用，只有滿足特定條件的對象才能讓他發動這項能力。

而老師滿足了那些條件。

當我看到老師的瞬間，內心受到了難以想像的打擊。

因為我看到波狄瑪斯的觸手緊緊纏住老師的靈魂。

這讓我覺得魔王用「寄生」來形容這一切實在很妙。

那副景象令人感到有些噁心。

看到波狄瑪斯發動他那噁心的能力，伸出看不見的觸手纏住老師的靈魂，我覺得很不舒服。

因為神化後的我變得能隱約看見靈魂這種東西，才會明白這種事情。

「如果要解除那種能力，就只能殺掉波狄瑪斯了。而殺掉波狄瑪斯就幾乎等同於擊敗妖精，所以那傢伙才會誤以為我們正在做準備。」

啊、啊～

原來如此。

經魔王這麼一說，好像確實是這樣。

雖然我只有想到要想辦法解決眼前的問題，但如果考慮到將來，最後還是只有殺掉波狄瑪斯才能拯救老師。

因為聽到我們說要拯救老師，教皇才會想到那麼遠的事情。

「傷腦筋，其實我早就想好，如果他不願點頭就要用威脅的，但現在這樣還真不曉得到底是誰在威脅誰。這下子為了履行約定，我們不得不準備好擊敗妖精的計畫了。」

魔王整個人靠在椅背上，癱軟無力地開口抱怨。

「不過……算了，這樣也能讓我們下定決心。嗯，動手吧。」

我出言鼓舞這樣的魔王。

考慮到這個世界的危機，波狄瑪斯是一定要打倒的敵人。

而且如果要拯救老師，就非得殺掉波狄瑪斯不可。

既然如此，那這也是件好事不是嗎？

我知道這很困難。

可是，殺掉波狄瑪斯不但可以拯救老師，還能擊敗魔王的宿敵，可說是一石二鳥，我沒有理由不這麼做。

而且那傢伙也是真的惹火我了。

「我要幹掉波狄瑪斯。」

宣言是很重要的。

魔王的身體抖了一下。

糟糕，我不小心漏出殺氣了嗎？

「可是不是現在。」

「呃……是嗎？」

因為我是蜘蛛。

要解決獵物的時候，一定會等對方先落入陷阱，在萬全的狀態下露出獠牙。

為此就得先收集情報。

……看來我得趕快強化分體才行。

閒話　不知情的老師只是為學生著想

「岡，妳還好吧？」
「我沒事。」
「別逞強喔。」
看到我開始有些喘不過氣，眼尖的同伴立刻出言關心。
對身為大人的他們來說，我的身體太過嬌小，而且也太過柔弱。
雖然身為轉生者的我自認精神年齡已經算是大人，但在長命的妖精眼中依然是個孩子。
我們到底走了幾天呢？
為了拯救被魔王抓走的轉生者——根岸同學，我們加入了與魔王為敵的魔族叛軍。
然而，因為事先察知叛軍動向的魔王設下計謀，叛軍可說是在受到奇襲的情況下戰敗了。
拚命逃離戰場後，我們便展開了逃亡的生活。
幸虧有一些與妖精友好的魔族盟友暗中支援，給了我們需要的食物與資源。
而且他們還保障我們在旅途中的安全，有時候甚至會提供能夠居住、休息的地方。
拜此所賜，我們的逃亡生活過得並不艱難，比預期的還要輕鬆。

可是，我的腳步實在快不起來，反而變得沉重。

不是因為肉體上的疲勞，而是因為精神上的壓力。

我想起笹島同學說過的話。

「我不知道妳誤會了什麼，但我是出於自己的意願待在這裡。而且，我也不打算跟妳走。」

「我是遵循自己的信念而戰，不是因為別人指使，而是出於自己的想法。對於自己的所作所為，我沒有一絲愧疚。」

「老師，我倒要反問妳。妳說我做了殘酷的事情，那做了同樣殘酷的事情，還向學生伸出那染滿鮮血的手，妳對自己感到驕傲嗎？」

「如果妳不能抬頭挺胸回答這個問題，那我就不能跟妳走。」

笹島同學當時正單方面地在蹂躪叛軍。

我懇求笹島同學住手，希望他別再繼續做那種殘酷的事情，還叫他跟我一起走。

可是，我得到的回應是明確的拒絕。

他說，他是出於自己的意志在戰鬥。

而且他還反過來質問我。

向學生伸出那染滿鮮血的手，妳對自己感到驕傲嗎？

我沒能馬上回答這個問題。
不但如此，就算是現在，我也不覺得自己答得出來。
為了拯救這些學生，我至今一直都在不顧一切地找尋他們。
過著與危險比鄰而居的生活。
有時候必須與魔物戰鬥，有時候也必須像這次這樣與人類戰鬥。
不管是人族還是魔族，在我眼中都同樣是人類。
而我也曾經親手殺掉那些人類。
在之前那場叛亂中也……
我這麼做都是為了學生，這一切都是不得已的……
「難道我做錯了嗎？」
笹島同學說他是出於自己的意志在戰鬥。
雖然我也是出於自己的意志在做這些事，卻沒辦法像他那樣懷著自信，斬釘截鐵地說對自己感到驕傲。
「岡，別把那傢伙說的話放在心上。」
同伴如此鼓勵我。
可是，我還是無法不去思考這個問題。
我真的沒做錯嗎？

閒話　不知情的老師只是為學生著想

「那只不過是與魔王勾結的傢伙所說的歪理，或許他也被魔王欺騙了吧。妳應該也知道吧？現任魔王意圖讓好不容易休戰的魔族與人族重新開戰，而對此抱持反對意見的人似乎都沒有好下場。妳也親眼見識到那場叛軍之戰了吧？魔王對違抗自己的人絕對不會手下留情，追隨那種罪大惡極魔王的傢伙所說的話，根本不需要認真理會。」

「嗯……你說得對。」

我從別人口中得知的魔王，是個可怕的人物。

靠著妖精的援助，魔族才總算從過去戰爭造成的傷害中振作起來，卻被魔王逼著再次開戰。

據說她對反抗者毫不留情，為了壓下反對意見，不惜用恐懼來統治國家。

因為過去的戰爭而衰退的魔族，現在已經幾乎沒有與人族開戰的餘力了。

如果跟人族開戰，等待著他們的結局就只有破滅。

所以，他們才會賭上最後的希望，為了討伐魔王而組織叛軍。

協助叛軍的妖精並非只有這些幫助我的同伴，大家都對魔族的現況感到擔憂，才會想要助叛軍一臂之力。

正義的一方應該是意圖擊敗施行暴政的魔王的叛軍才對。

可是，笹島同學為什麼會站在魔王那邊呢？

明明就站在邪惡的魔王那邊，為什麼還能說得那麼理直氣壯？

我不明白。

我真的不明白。

「他從前世時就是那樣嗎？」

「不，沒那回事。他反倒是個和善待人的好孩子。」

笹島同學相當安分，在班上並不是個顯眼的人。

他總是跟大島同學與山田同學這兩位好朋友混在一起，也會勸誡經常胡鬧的大島同學。

他個性認真，善解人意，是個非常好的孩子。

那他為什麼會變成這樣？

「那他可能真的被魔王騙了吧。」

或許真的是這樣吧。

如果是我認識的笹島同學，應該不會去幫助壞人才對。

可是，笹島同學是個聰明的孩子。

他有可能這麼輕易就被欺騙嗎？

笹島同學說過的那些話。

還有他協助魔王的原因。

想到這些事情，我就有種彷彿被小小的骨頭卡在喉嚨裡的不自在感覺，心情好不起來。

懷著苦悶的心情繼續前進一段時間後，我們來到了魔族領地與人族領地的國境線。

「聽說這裡有條密道，我們可以從那條密道平安抵達人族領地。」

與魔族盟友有所接觸的同伴如此回報。

這讓其他同伴都露出狐疑的表情。

這也是理所當然的事，畢竟這條國境線正是從魔族領地前往人族領地的最大難關。

交通要地有人族建立的要塞擋住去路，就連密道也有人族部隊負責看守，而且還會二話不說就殺掉來自魔族領地的人。

安全的密道應該不可能存在才對。

「據說負責看守這條密道的人族部隊已經被魔王派出的精銳之臣殺光了。」

聽到這樣的說明，我們心中的疑慮才總算消除。

可是，那理由也未免太過悽慘了。

「這表示為了與人族開戰，魔王正一步一步展開行動。」

大家一陣交頭接耳。

這也怪不得他們。

因為明明不久前才剛跟叛軍交戰，魔王卻已經派出戰力對付人族。

「或許人族與魔族的戰爭會比預期的還要早發生。」

我原本以為魔族要準備好戰力，還需要一段時間。

而且還有反叛造成的傷害有待填平。

然而，有鑑於魔王迅速的行動，我們或許也不能太過從容以對了。

「雖然這麼說很對不起那支被殲滅的人族部隊，但這對我們來說是件好事。別放過這個好機會，我們趕快通過吧。」

於是，我們成功跨越國境線了。

我們在途中經過了疑似那支部隊生活過的地方。

那裡還殘留著可怕的戰鬥痕跡，以及為數眾多的新墳墓。

……有人在那裡埋葬了那些已死之人嗎？

獻上默禱後，我們便離開那個地方。

抵達人族領地後，我們前進的速度變快了。

妖精在世界各地都暗藏了祕密的轉移陣。

與前來迎接的波狄瑪斯等人會合後，我們平安回到妖精之里。

「歡迎你們回來。」

雖然前來迎接的波狄瑪斯和平時一樣面無表情，看起來卻好像非常開心。

難道他是因為我們平安歸來而感到高興嗎？

「岡。」

閒話　不知情的老師只是為學生著想

「什麼事？」

「藉著這個機會，妳就暫時停止保護轉生者的行動吧。」

「咦？」

我有一瞬間沒能理解他這句話的意思。

大腦慢慢理解這句話的含意後，我反射性地叫了出來。

「可是，我還沒找到所有人！」

「剩下的都是幾乎沒希望回收的轉生者。」

聽到這句話，我看向自己與生俱來持有的技能——學生名冊。

這本學生名冊上記載著學生們的情報。

不過，這本學生名冊上記載的情報非常少。

就只有出生地、現在的健康狀態、預計死亡時期，以及死亡原因。

然後，一旦死亡，名字便會從名冊上消失。

而現在已經出現四個空白欄位了。

我把視線從空白欄位移開，看向其他欄位的名字。

「在那些從出生地推算，找出的疑似轉生者的人物之中，剩下的其中幾名是王公貴族，我們實在是無法出手。」

經他這麼一說我才發現。

在尚未保護的學生之中，疑似夏目同學、山田同學與大島同學的三個人都是王公貴族。

就算我們去向那些王公貴族要人，對方也不可能讓我們把人帶走。

「雖然剩下的一半也都找到了，卻因為政治上的因素而難以下手。但是，我們已經找出目標的身分，接下來只要在遠處守護他們的安全就夠了。」

「這個嘛……確實是這樣沒錯。」

確實如波狄瑪斯所說，我們不需要保護所有人。

只要在旁邊暗中守護就行了。

「至於剩下那些連身分都不知道的轉生者，老實說都不好處理。」

在還不知道身分的轉生者之中，有兩位就出生在我剛才經過的國境線地帶，另一位則出生在艾爾羅大迷宮。

這兩個地方都很危險，我們無法隨便出手。

「就算是這樣，我還是想要……」

「不行。」

我無論如何都想要繼續調查，卻被波狄瑪斯用強硬的口氣拒絕了。

「聽好，我不能讓妳繼續把自己暴露在危險之中了。經過這次的事情，妳應該已經明白了吧？要是一個不小心，妳隨時都會死掉。要是妳為了救學生而害死自己，那就太不值得了，而且還得賠上跟妳一起行動的其他妖精的生命。」

波狄瑪斯說的一點都沒錯。

這次的行動也讓許多妖精失去了生命。

因為這次行動的主要目的是協助叛軍討伐魔王，所以救出被魔王抓走的學生只不過是順便罷了。

可是，為了找尋學生而調查危險地區，就完全是我的任性了。

把其他妖精捲入這件事確實不好。

「那就算讓我一個人去也行。」

「我說不行。這件事已經決定了。不管妳怎麼耍任性，我都不會改變決定。」

任性……

我為學生著想的心意，真的只是任性嗎？

「族長，可以請您准許岡的行動嗎？」

「嗯？」

就在這時，看不下去的同伴站出來替我說話了。

「岡真的很努力，我不忍心看到她的奮鬥就此結束。我們也會協助她的，所以，拜託您答應吧！」

「我也會幫忙！」

「還有我！」

「各位……」

接連表示願意出手幫忙的同伴們讓一股暖意湧上我的心頭。

可是，波狄瑪斯大大地嘆了口氣，阻斷了這股暖流。

「……我想讓岡去就讀亞納雷德王國的學校。」

完全在我預料之外的今後計畫讓我眨了眨眼睛。

「各國的王族與貴族都會去那所學校就讀。當然，轉生者也是一樣。」

理解這句話背後的含意後，我恍然大悟。

「那些尚未被找到的轉生者的行蹤我會負責去找，妳就去接近那些已經知道下落的轉生者，在旁邊保護他們吧。」

「我去！我要去！」

「同樣的話說一次就夠了。」

面對波狄瑪斯的好意，我開心地接下這個任務。

也許是覺得難為情，波狄瑪斯轉身背對我，就這樣邁步離開。

「真是太好了呢。」

「是啊。」

「族長也真是的，明明可以說得更明白一點……」

「我聽到了喔。」

看著說了聲「糟糕」就整個人僵掉的同伴，我不小心笑了出來。

「那個……！」

「……什麼事？」

被我叫住的波狄瑪斯一臉不耐地回過頭來。

「在進到那間學校就讀以前……不，就算是在入學以後，我也可以繼續幫大家的忙嗎？」

聽到我的提議，波狄瑪斯揚起其中一邊的眉毛。

「大家幫了我很多忙，所以，這次換我報答大家了。親眼見識過發生在魔族領地的戰爭，我覺得戰爭果然是很令人悲傷的事情。就算只有一點也好，我想讓這個世界變得更和平，所以我想幫大家的忙。」

我不知道笹島同學為何要協助魔王。

可是，我果然還是討厭看到人類之間的鬥爭。

就算只有一點也好，我想對妖精維護世界和平的行動做出貢獻。

順便報答他們陪我一起尋找學生的恩情。

「……我會考慮看看。」

「那就萬事拜託了！」

我衷心祈求，希望波狄瑪斯能夠下達許可。

笹島同學……

我果然還是想不通你到底為何而戰。
不過，為了能對自己的行動感到驕傲，我也會努力的。
當我們總有一天再次相遇時，我會挺起胸膛告訴你，我沒有做錯任何事情。
所以，算我拜託。
請你不要繼續加深自己的罪孽了。
因為我希望下次再見到你，是在戰場之外的地方。
不過，萬一笹島同學還是沒有改變，在戰場上阻擋我的去路的話，到時候我將會……

8 拖人下水

護送老師部隊平安達成任務了！

呼……結果還是搞定了呢。

雖然將來的計畫不知為何變成擊敗妖精就是了。

因為這件事並不急，對手又是那個波狄瑪斯，所以現在還是先徹底收集情報，等到想出萬無一失的作戰計畫後，再來慢慢陪他玩吧。

這一切都是為了幫助老師，同時也為了幫助魔王。

擊敗妖精就等於是幫了魔王一個大忙。

畢竟妖精就像是這個世界的癌細胞一樣。

對最終目標是拯救世界的魔王來說，妖精是她遲早都得面對的敵人。

嗯……

妖精呢，妖精啊……

老實說，雖然我覺得波狄瑪斯很煩人，但從未想過要徹底消滅妖精。

畢竟不久前我還只想著要輕輕鬆鬆地鍛鍊自己。

至於為什麼明明是要鍛鍊自己，卻還想著要輕輕鬆鬆地進行，這個問題我不會回答喔。
關於這個世界的將來，我的想法是——只要這個世界別在我離開之前毀滅就行了。
可是……
既然決定盡全力幫助魔王，就不能懷著這種想法。
魔王的目標是拯救這個世界。
可是，我覺得魔王已經做好自己會壯志未酬身先死的心理準備了。
雖說魔王實力高強，但能做到的事情還是有限。
妖精就是一個例子。
要是波狄瑪斯認真起來，說不定會拿出像之前被我們擊落的那架ＵＦＯ一樣誇張的兵器。
不，不是說不定。
他絕對有那種兵器。
而且肯定是比那架ＵＦＯ更危險的東西。
畢竟波狄瑪斯曾經說過，設計出那架ＵＦＯ是他畢生的恥辱。
他不可能沒有設計出完成度比那架ＵＦＯ更高的兵器。
然後，如果是這樣的話，那魔王就沒有勝算了。
即使魔王本身就擁有最強等級的實力，但若是問我她能不能打贏比裝有能轟掉整塊大陸的炸彈的ＵＦＯ還要厲害的兵器，我會回答「不能」。

不排除掉妖精就無法拯救這個世界，但她卻辦不到這件事。

從這一刻開始，魔王的目的就變成不可能的任務了。

因此，魔王才會盡己所能，想要把未來託付給下一個世代的人。

……然而，她並不曉得根本不會有下一個世代。

唉……

真是的，這個世界根本就是艘破船嘛！

可是，既然上了船，那也只能硬著頭皮繼續坐下去了。

呼……好吧，那我就放手一搏看看吧。

壯志未酬身先死？

不，我不會讓那種事情發生的。

我要賭上性命，報答她的救命之恩。

只要我的黑眼珠還沒有翻白，就不會讓魔王死掉。

雖然我的眼珠是紅色的就是了！

既然事情變成這樣，那我就放手一搏吧。

目標是皆大歡喜的完美結局。

我要準備一個會讓魔王笑著說「謝謝小白！我最愛妳了！」的超級完美大結局！

「不，我可能會向妳道謝，但不會說後面那句話喔。」

「咦……？」

「妳為什麼要露出不滿的表情？雖然我不是，但難不成妳有同性戀的傾向？」

「沒有喔。」

「那妳為什麼會把話題扯到那邊去？」

我一邊跟魔王聊著今後的事情一邊聊天打屁。

「話說回來，在剛才的對話之中，好像有些不能當作沒聽到的事情耶。」

「什麼事情？我對魔王滿滿的愛意嗎？」

「妳到底為什麼一直要把話題扯到那邊去？」

人家只是開個玩笑嘛。

「妳說不會再有下一個世代是怎麼回事？」

原來是指那件事啊。

如果要說明那件事，有個比我更合適的傢伙。

更正確的說法是，今後打算做出許多事情的我們有必要跟那個人好好談談。

「事情就是這樣，把邱列邱列叫來吧。」

「妳可別在本人面前那麼稱呼他喔。」

「反正我在他本人面前也無法正常說話，就算妳不提醒我也沒問題！」

「那可不能算是沒問題。」

魔王一邊嘆氣，一邊從坐著的椅子上站起來。

那是我從之前與教皇會談時坐過的沙發得到靈感，用自己的絲加以改良，坐起來舒服到會讓人墮落的椅子。

魔王起身的時間稍微變長了點，這肯定不是我的錯覺。

真的很舒服對吧。

很難離開坐起來這麼舒服的椅子對吧，我懂。

魔王的宅度又提升了一級！

「總覺得妳在想非常失禮的事情……」

「才沒有那種事呢～」

魔王一邊瞇起眼睛盯著我，一邊無奈地聳聳肩膀邁出腳步。

我也緊追在後。

我們來到魔王城的地下。

沿著漫長的階梯一路往下走後，我們來到一間空無一物的小房間。

不過，雖然這房間乍看之下什麼都沒有，但牆壁上有著些許魔術的痕跡。

魔王把手放到牆上。

然後牆壁就像是幻影一樣消失不見，跟原本的小房間差不多大小的空間出現了。

……這並非是在牆壁後面還有一個新房間吧。

新出現的這個房間是異空間。
而這個異空間只不過是暫時連接到現實空間罷了。
所以，就算破壞掉剛才那面牆，也無法抵達這個房間。
房間中央有著類似檯子的東西，而某人就坐在上面。
如果用一句話來形容那傢伙，那就是黑色的蜥蜴人。
不，更正確來說，應該是龍人才對。
那傢伙有著不同於人類的龍頭。
然而，他的體型卻跟人類一樣，還不知為何穿著時髦的西裝，頭上戴著大禮帽。
「嗨，親愛滴姊妹。」
那位龍人向魔王打了聲招呼。
彷彿是在勉強自己說人話一樣，那聲音聽起來含糊不清。
我甚至無法從聲音的語調來判斷那名龍人的性別。
更何況，我就連龍人有沒有雌雄之分都不清楚。
「我什麼時候變成你的姊妹了？我的兄弟姊妹就只有那間孤兒院裡的大家。」
「憋說這麼無情的話嘛。在遺傳學上，窩們姑且算是兄弟姊妹吧？」
「就算真的是這樣，父母也沒有認過我們不是嗎？」
「喀喀喀！悠道理！」

我默默聽著魔王與龍人的對話。

對話的內容中有許多令人在意的地方，但我覺得自己不該多問。

雖然由禁忌的內容就能大致想像得到魔王的過去，但我覺得詳細過問那些事情是在侵犯她的隱私。

每個人都會有一兩件不希望別人過問的祕密。

我也不想告訴別人自己是D的替身這件事。

所以，在魔王主動親口說出來以前，我都不打算過問魔王的過去。

「嗯？泥找窩有什麼事？如果只是要找窩閒聊，窩很歡迎的。」

「想也知道不可能吧，我才不會沒事把你叫出來。」

「窩想也是。可是，窩之前也縮過，魔王劍已經不在這離了喔。」

魔王劍？

啊……我記得在禁忌裡記載的情報之中，好像有出現過那種東西。

因為我沒有把禁忌裡的內容全部看完，在因為神化而失去技能後，我已經無法再次確認禁忌裡的內容了。

看來這位龍人似乎是那把魔王劍的守護者。

魔王劍就擺在用空間魔術，而且還是八成無法用技能重現的技術隱藏起來的房間裡面。

既然在禁忌中記載了關於這把劍的情報，就表示那可能是與系統有關的重要道具。

雖然那說不定只是D覺得有趣才擺著的道具就是了。

可是，那把劍居然已經不在這裡了。

這聽起來不是有點糟糕嗎？

「魔王劍的事情就算了。我今天來這裡，是希望你把邱列叫來。」

「泥要找老大？粉緊急嗎？」

「雖然不是很緊急的事，但我有些事情無論如何都得找他問清楚。」

「窩明白了。泥稍等。」

說完，龍人閉上眼睛。

難不成他正在跟邱列邱列通訊嗎？

「小白，這傢伙是闇龍雷瑟，也是其中一隻古龍。」

喔喔……

原來這傢伙是闇屬性的龍啊。

然後，既然這傢伙是古龍，就表示他跟掌管南方荒野的風龍修邦，以及掌管魔之山脈的冰龍妮雅地位相同。

由這樣的龍負責守護的魔王劍。

感覺起來果然是某種重要的道具。

「魔王劍是什麼？」

我把嘴巴湊到魔王耳邊，小聲詢問魔王劍的事情。

「魔王劍就是魔王專用的武器。雖然不曉得是真是假，但據說在只限使用一次的條件下，甚至能夠施展出連神都能殺掉的一擊。」

那不就是超級危險的東西嗎！

雖然魔王說不知道是真是假，但既然禁忌裡有提到這個東西，那製作者毫無疑問肯定是Ｄ。

既然是那個Ｄ做出來的東西，就算真的是能夠弒神的武器也一點都不奇怪。

而那種超級危險的東西居然外流了……

這可不是在鬧著玩的啊！

「妳不用擔心，聽說魔王劍是只能使用大概一次的武器。只要用過一次，下次就得等到幾百年，甚至是千年後才能使用，而雷瑟說魔王劍已經被人用過了。」

呼……也就是說，我不用擔心有人對我使用魔王劍了吧？

可是，沒想到魔王劍已經被用過了。

弒神武器、超越次元狙殺管理者Ｄ的一擊在教室裡引起大爆炸、只有魔王能夠使用……

總覺得許多線索都連在一起了。

原來Ｄ那傢伙被自己製作的道具攻擊了啊……

因此受到連累的轉生者們還真是可憐。

不過對我來說，正因為重新轉生，我才能有今天，所以不需要為此感嘆。

正當我跟魔王交頭接耳時，空間出現了異變。

這是某人即將轉移過來的前兆。

不過，在這種情況下，那個某人只會是邱列邱列就是了。

「聽說妳們有話要對我說。」

而來到此處的邱列邱列一開口就切入正題。

「是啊。我聽小白說，已經不會有下一個世代了，這到底是怎麼回事？」

而魔王也跟邱列邱列一樣立刻切入正題。

面對魔王的問題，邱列邱列露出不高興的表情，瞬間瞪了我一眼。

拜託別那樣瞪我啦。

邱列邱列之前只叫我盡量別把魔之山脈另一邊的狹縫之國的事情告訴魔王。

而我沒有說出那件事，所以不算是打破約定。更重要的是，邱列邱列只叫我盡量別說出那件事，又沒叫我絕對不能說出來。

雖然邱列邱列真正想要隱瞞的事情就是不會再有下一個世代這件事，但他又沒有那樣交代我。

我說沒有就是沒有。

邱列邱列嘆了口氣後，就死心地開口了。

「活在這個世界的人類一直不斷地重新轉生到這個世界，這原本是不可能發生的事情，只

是透過系統扭曲了常理後的現象。然後，既然這並非常理，就一定會造成扭曲，也遲早會出現破
綻。由於反覆轉生造成的負擔，這個世界的人類，靈魂逐漸損耗，原因則是因為在靈魂上附加了
技能這種多餘的東西。一旦靈魂持續損耗，遲早有一天會崩壞。一旦靈魂崩壞，就再也不可能轉
生，而那樣的徵兆已經出現了。」

一旦衣服洗了許多遍，就會逐漸變鬆，最後變得不能再穿。

如果把衣服拿去反覆染色又褪去顏色，又會更進一步縮短衣服的壽命。

同樣的道理，反覆進行轉生的人類，靈魂也會逐漸耗損。

所謂的技能就跟把衣服拿去染色一樣，雖然剛染色後會變得很漂亮，但如果反覆染色又褪
色，就會變成導致衣服壽命縮短的重要因素。

人類靈魂在每次轉生的時候，生前得到的技能都會被剝除。

做了這種事情，人類的靈魂遲早會崩壞，這也是理所當然的事情。

而那種崩壞的徵兆已經出現了。

邱列邱列不想讓魔王知道的狹縫之國，就是他用來保護那些靈魂已經接近極限的人類的地
方。

排除魔物，並且讓人們遠離紛爭，盡量不去取得技能，以求延長靈魂壽命的封閉世界。

聽完邱列邱列所說的話，魔王身上散發出凝重的氣息。

「為什麼不告訴我？」

「告訴妳又能如何？」
雙方都一臉凝重地陷入沉默。
「老實告訴我，我以魔王的身分展開活動，有辦法把ＭＡ能源回收完畢嗎？」
「不可能。」
邱列邱列想也不想就如此回答。
魔王低下頭，肩膀微微顫抖。
她已經做好會失敗的心理準備，才選擇成為魔王。
扮演著不習慣的壞人，受到魔族怨恨，但依然定下了「雖千萬人吾往矣」的決心。
即使如此，邱列邱列依然斬釘截鐵地說這樣還不夠。
那句話彷彿在嘲笑魔王的覺悟一樣，顯現出這個世界的無藥可救。
沒錯，這個世界已經無藥可救了。
已經到了無法靠著正規手段拯救的地步。

既然如此，那就用非正規手段來拯救世界吧。

「只要破壞掉系統就行了。」
聽到我這句話，邱列邱列與魔王都露出疑惑的表情。

就只有之前一直默默聽著的雷瑟長著一張龍臉，讓我看不出他的表情。

「什麼意思？」

邱列邱列代表眾人詢問。

這個世界是在系統的支撐下運作。

宣稱要破壞系統，就算被人用「這傢伙到底在說什麼？」的眼神看著，也是沒辦法的事情。

可是，仔細想想就會發現。

創造出系統的人可是那個Ｄ喔。

她是個性差到極點，而且還自稱是邪神的傢伙。

而系統可是那個邪魔歪道創造出來的東西。

那種東西根本就不可能靠著正規手段去攻略。

其中必定存在著密道。

考慮到Ｄ的個性，那條密道肯定藏在一般人想像不到的地方。

我已經決定要拯救魔王了。

所以，我也思考過拯救這個世界的方法。

而我反覆思考後想到的方法，就是破壞掉系統。

我嚥下口水，壓下緊張不安的心情張開嘴巴。

我不能因為自己不擅長說話，就省略掉這麼重要的說明。

因為這場簡報關係到魔王的命運。

「所謂的系統，就是支撐著這個世界的超大型魔術。幫助即將毀滅的星球再生，扭曲人類的輪迴轉世法則，並且賦予他們名為技能的超常之力。」

所謂的系統，就是一種非常厲害的魔術。

其功能的本質是幫助這顆即將毀滅的星球再生。

可是，系統還有許多其他的功能。

老實說，只是要幫助世界再生的話，根本不需要那麼複雜的功能。

系統讓人類只能在這個世界裡轉生，束縛他們的靈魂。

讓他們磨鍊名為技能的靈魂擴充包，在靈魂轉生時加以回收，拿來補充ＭＡ能源，用來幫助世界再生。

簡單來說，就是一種以人類作為燃料的裝置。

那就是系統的真面目。

可是，就跟我剛才說過的一樣，如果只是要幫助世界再生，根本不需要加上這些多此一舉的功能。

「你們知道要讓擁有這些複雜功能的系統運作，到底需要多少能量嗎？」

唯一有辦法正確回答這個問題的人，應該就只有能夠實際施展魔術的邱列邱列而已吧。

可是，魔王似乎也明白我想說的話了。

「妳是說，只要把那些能量拿來再生就夠了？」

系統不但扭曲了名為轉生的世間常理，還利用名為能力值的魔術對人們進行強化，塞進了名為技能的，利用靈魂增加能量的技術。

如果要讓這麼驚人的魔術運作，肯定需要相對巨大的能量。

我們只要把這些系統中的多餘功能分解掉，確保其中蘊含的能量，然後全部灌注到用來讓星球再生的功能就行了。

明明是靠著系統苟延殘喘，卻反過來破壞掉那個系統。

一般來說，根本不會有人這麼做。

可是，系統的創造者畢竟是那個Ｄ。

就算她準備了這種令人意想不到，也不會有人敢走的密道，也一點都不奇怪。

只不過，魔王的推測只對了一半。

「可是，以目前的狀態來說還是不夠。」

沒錯，根據我計算的系統剩餘能量，並且評估星球目前的再生狀況的結果——很遺憾，目前還沒有足以讓星球完全再生的能量。

一旦破壞掉系統用來回收能量的機構，就無法產生用來讓星球再生的能量，星球會變得無法進一步再生。

換句話說，這個密技只有在成功確保了足以讓星球完全再生的能量後才能使用。

「我們只能想辦法補足不夠的部分。」

而這個世界有著能夠用靈魂的力量產生能量，名為技能的東西。

我們要讓人類鍛鍊技能，讓他們去儲存能量，然後加以回收。

換句話說，就是要請他們去死。

「是嗎？那就跟我做的事情沒什麼兩樣嘛。」

魔王想做的事情，就是讓魔族與人族開戰，透過讓雙方互相爭鬥，促使人們鍛鍊技能，再從戰死者身上回收能量。

換句話說，我們的目的都是補充能量。

魔王打算藉此讓能量變得不足的系統恢復正常運作。

可是，我卻是提議把那些能量用在其他地方。

「等一下，雖然這在理論上確實行得通，但D不可能允許我們破壞系統。」

就在這時，邱列邱列提出異議。

對身為系統管理者，且一直負責管理、維護系統的邱列邱列來說，他就算知道理論上行得通，恐怕也很難接受這種做法。

更何況，他還認為要是我們真的那麼做，身為他上司的D可能會發飆。

可是，我敢如此斷言。

「沒問題。」

畢竟對方可是那個D喔。

只要她覺得那樣比較有趣，就算我們破壞掉系統，她也不會有任何意見。

我甚至懷疑D就是在等待邱列邱列選擇放手一搏的時刻。

因為那樣的戲碼比較有趣。

破壞系統這樣的手段，就只有身為神的邱列邱列才辦得到。

而既然D故意保留這樣的手段，那我的推測應該是不會有錯的。

「可是……」

「沒問題，絕對不會有事。」

不管怎麼樣，反正現在D已經被女僕抓回去了，也無暇介入這個世界的事情。

趁著大人不在家的時候，我們想要怎麼亂搞都行。

就算之後會被罵，也不需要在意。

不過，我猜我們十之八九不會被罵。

總之，我可以大聲斷言不會有問題。

「可是……」

「追根究柢，這一切都是身為管理者的邱列迪斯提耶斯怠忽職守的錯。」

聽到我這麼說，邱列邱列的表情扭曲了。

我這人還真是殘忍。

如果邱列邱列有好好完成自己的工作，事情確實不會變成現在這樣。

故意對此加以譴責來讓他閉嘴，實在是太殘忍了！

而且我提議的做法還是要他放棄身為管理者的職務去破壞系統，又更加殘忍了。

「我沒有叫你幫忙。不過，你也別妨礙我們。」

沒錯，如果邱列邱列出手阻礙，才是最讓我頭痛的事情。

這個世界現在有能力擊敗我的人，就只有魔王、波狄瑪斯，還有邱列邱列。

其中我敢斷言絕對強過我的人，也就只有邱列邱列。

要是邱列邱列出手阻礙，這個計畫就得宣告失敗。

「喀喀喀，老大，看來泥是說不過她們了。」

就在這時，一直保持沉默的雷瑟插嘴說道。

「確實如此。」

聽到雷瑟這麼說，邱列邱列深深地嘆了口氣。

總覺得他身上散發出一種操勞過度的上班族特有的哀愁感。

「好吧。我不會阻礙妳們。不，情況會變得這麼糟糕，都是因為我失職。雖然不能直接使用這股力量，但我會盡力協助妳們的。」

邱列邱列露出自嘲的笑容如此說道。

哦？喔喔喔……！

雖然我只希望他不要出手阻礙，但沒想到他居然說要幫忙。

是我剛才那句挖苦他的話太過有效了嗎？

算了，反正結果沒問題就好了！

「喔，真的假的？那你就把能夠人化的龍與竜都帶過來，組織成一個軍團吧。」

魔王突然提出超級離譜的要求。

這、這傢伙！不光是邱列邱列，魔王就連他的部下都想要任意使喚！

這想法也未免太邪惡了吧！

凡是能夠利用的一切都要盡量壓榨，讓別人拚命工作，自己當個尼特就好。

這才是究極的尼特族！

「就決定是第九軍了吧。我要剝奪現任軍團長的地位，改由你來擔任軍團長。」

「好吧。在合理的範圍之內，我會聽從妳的命令。」

這麼亂來的要求居然實現了。

這樣真的好嗎？世界的管理者竟然協助其中一方勢力。

不過，這也表示邱列邱列對魔王懷有的愧疚就是這麼深吧。

「雷瑟，你也跟我一起來。」

邱列邱列指名要雷瑟加入軍團。

「窩？」

「反正這裡已經沒有魔王劍了，你也不需要繼續待在這裡。」

「原來盧此。雖然這個時間停止的空間待起來很蘇服，但既然老大泥都這麼說了，那窩也只能遵從。」

哦～看來這個房間裡的時間平常是停止不動的。

怪不得雷瑟有辦法在這個一無所有的地方存活。

只要不像這樣被人叫出來，時間就會保持靜止，所以也不需要食物。

話說回來，D小姐，拜託妳不要輕描淡寫地施展時間暫停這種誇張的魔術好嗎？

雷瑟的外表改變了。

牠似乎使用了人化之術。

人化後的雷瑟有著肌膚黝黑的中性容貌。

雖然穿著西裝與大禮帽讓牠看起來像是男人，但也像是位男裝麗人。

即使已經人化，依然性別不詳。

「那我就重新自我介紹一下吧。在下是闇龍雷瑟，因為長期待在停止的時間之中，所以比其他古龍更充滿年輕的活力。有困難就盡量來找我吧。」

嘴角揚起微微一笑後，雷瑟如此自我介紹。

龍的個性是不是都很有特色？

還是說，只是我碰到的剛好都是個性有特色的傢伙？

話說回來，原來只要人化，牠就能夠正常說話了嗎？

「那我這就去各地召集擁有人化能力的龍與竜。因為還得有人留下來管理牠們的轄區，所以不能把所有成員都帶過來，但應該能召集到為數不少的戰力吧。愛麗兒，在我回來之前，妳至少要做好接納牠們的準備。」

「了解。」

啊，我隱約察覺到魔王好像不打算自己去做這件事。

實際執行這個任務的人，我猜應該會是巴魯多吧。

巴魯多，你要堅強地活下去喔。

「老大，我跟你一起去。我想去久違的外面世界到處看看。」

「也好。畢竟之前都讓你獨自待在靜止的時間之中，執行這種沒人想做的任務。從今以後，只要是在職務允許的範圍之內，你都可以隨意行動。」

「那真是太令人高興了。」

雷瑟看起來真的很高興。

一直獨自待在時間靜止的小房間裡面。

我無法體會雷瑟做這件事時的心情。

不過，我猜牠應該不想做那種事。

可是，牠又不能不去做這件事。

因為那就是管理者賦予雷瑟的任務。
這個世界就是像這樣建立在許多人的犧牲之上。
就連魔王與邱列邱列都是犧牲者。
這種悲慘的世界，就由我來徹底摧毀吧。
「很好！那我們就來拯救世界吧！」
魔王打起精神，刻意如此宣言。
在原本那種看不到希望的情況下發現了一條生路，讓魔王與邱列邱列的表情都變得比平時開朗。
我沒有說謊。
只要以系統作為代價，就能填滿這個世界的能量。
只不過，要破壞系統，意味著要讓技能與能力值從這個世界上消失。
這等於是硬把那些深植在靈魂之上的東西全部收回。
因此，在回收那些東西的時候，那些擁有許多技能，或是能力值強大的傢伙，其靈魂也會受到相當大的傷害。
我沒有說謊。
只要破壞系統，就能夠拯救世界。

只不過，其代價將會是這個世界的大量居民的生命。

我只是沒說出這件事罷了。

如果是為了拯救魔王與老師，就算要犧牲掉這個世界的居民，我也在所不惜。

事情就是這麼簡單。

魔物圖鑑
file.28

闇龍雷瑟

LV.82

status【能力值】

HP
11411／11411
MP
11408／11408
SP
11399／11399

11398／11398

平均攻擊能力：11394
平均防禦能力：11386
平均魔法能力：11401
平均抵抗能力：11397
平均速度能力：11242

skill【技能】

「闇龍LV10」「天鱗LV10」「HP自動恢復LV8」「魔力感知LV10」「精密魔力操作LV10」「MP高速恢復LV10」「MP消耗大減緩LV10」「魔神法LV3」「大魔力擊LV2」「SP高速恢復LV10」「SP消耗大減緩LV10」「破壞大強化LV2」「打擊大強化LV4」「斬擊強化LV4」「貫通強化LV5」「衝擊大強化LV3」「暗黑強化LV10」「闘神法LV3」「大氣力擊LV2」「外道攻擊LV10」「暗黑攻擊LV10」「腐蝕攻擊LV4」「體術天才」「空間機動LV10」「眷屬支配LV2」「集中LV10」「思考超加速LV7」「未來視LV7」「平行意識LV7」「高速演算LV10」「命中LV10」「閃避LV10」「機率大補正LV10」「隱密LV10」「隱蔽LV10」「無聲LV10」「無臭LV10」「無熱LV10」「帝王」「探知LV4」「影魔法LV10」「黑暗魔法LV10」「暗黑魔法LV10」「深淵魔法LV1」「外道魔法LV10」「大魔王LV2」「破壞抗性LV2」「打擊抗性LV3」「斬擊抗性LV2」「貫通抗性LV2」「衝擊抗性LV1」「暗黑無效」「異常狀態抗性LV9」「恐懼無效」「外道無效」「腐蝕抗性LV4」「痛苦無效」「痛覺抗性LV6」「夜視LV10」「五感大強化LV10」「知覺領域擴大LV10」「天命LV10」「天魔LV10」「天動LV10」「富天LV10」「剛毅LV10」「城塞LV10」「天道LV10」「天守LV10」「韋馱天LV10」

負責守護魔王劍的龍種。在龍種之中實力特別強大的其中一隻古龍。牠是龍種之中的稀有個體，即使沒有人化，也有著近似人類的外表。因此牠會運用體術與魔法戰鬥，採取有別於一般龍種的戰法。因為牠與魔王劍一起長期處於半封印的狀態，與外界徹底隔離，所以其等級與能力值比起其他古龍都稍嫌遜色。可是，由於牠擁有一些對神管用的技能，所以其整體戰鬥能力絕對不輸其他古龍。危險度是人類無法對付的神話級。

終章　於是我成為邪神

我們得到了邱列邱列這個強力的夥伴。

我已經看到未來的方向了。

先按照原訂計畫讓魔族與人族開戰，確保大量的ＭＡ能量。

然後結合那股能量與破壞系統取得的能量，讓星球再生。

只不過，在此之前得先排除掉妖精這個礙事的傢伙。

因為這也關係到拯救老師這件事，所以我非幹不可。

換句話說，我不得不做的事情，就是準備破壞系統，以及準備消滅妖精。

為了準備消滅妖精，我首先利用分體收集情報。

沒錯，分體的能力已經有所提升，終於變得可以稍微派上用場，就算派去收集妖精的情報也沒問題了。

具體來說，就是多了匿蹤能力，以及就算被人發現也逃得掉的速度！

……你說這樣有點微妙？

可是，比起原本那種只能把收集到的情報傳回本體的陽春能力，這樣已經進步很多了吧？

提升實力這種事，只要能慢慢進步就行了。
不需要著急。
只要繼續慢慢前進，逐步提升能力就行了。
然後，我還打算繼續增加分體的數量，不光只有妖精，我要收集全世界的情報。
掌握情報果然是很重要的事情。
掌握情報的人，就能掌握全世界！
然後，在提升分體能力的同時，也得強化我這個本體的戰鬥能力。
既然要消滅妖精，就表示我們終於要跟波狄瑪斯正面對決了。
我們之前的對手都只是波狄瑪斯的分體。
而且為了避免做得太過顯眼，他似乎還沒有拿出所有戰力。
如果要認真對付我們，波狄瑪斯應該也顧不得溫存戰力，而會拿出至今一直不願拿出的真正王牌。
別說是強過那架ＵＦＯ了，那恐怕是以對付龍，也就是邱列邱列為目的開發出來的兵器。
我不知道那種兵器是不是真的能夠擊敗邱列邱列。
可是，既然那是要拿來對付神的兵器，就應該不是什麼好對付的東西。
身為神（笑）的我要對付那種兵器，以現況來說實在讓人放心不下。
我必須得到足以確信自己會贏的實力才行。

只許成功，不許失敗。
我得做好萬全的準備。
而且我不得不對付的敵人，肯定不是只有波狄瑪斯。
因為我的做法會害這個世界的居民大量死亡。
而邱列邱列肯定不會容許那種事情發生。
如果只是大量死亡，那他可能還會容許。
因為按照系統的規格，如果沒有生命的流轉，這個世界就無法運行。
所以，他也默許魔王引發大規模戰爭，讓魔族與人族互相殘殺。
可是，要是因為系統被破壞而死去的人就連靈魂都會被粉碎的話，又會怎麼樣呢？
破壞系統，從人們身上強制收回深植在靈魂上的技能與能力值，會對靈魂造成相當大的負擔。
如果對這個世界的居民衰弱的靈魂這麼做，就會害死他們。
同時導致靈魂碎裂。
而靈魂碎裂就意味著完全的死亡。
一旦靈魂碎裂，不管有沒有系統，那個人都不可能再次轉生。
如果知道這個事實，邱列邱列就會與我為敵。
為了阻止我實行計畫，他會阻擋我的去路。

抑或是在親眼目睹大量居民死亡後，憤怒地向我襲來。
雖然不曉得結果會如何，但他肯定會與我為敵。
所以，我還得練就足以戰勝邱列邱列的實力。
雖然我也可以在計畫成功後用轉移逃跑，但要是他在我執行計畫前就出面阻擋，那我就不得不設法突破。
因為我也有不能退讓的理由。
這麼一想，我不禁感嘆這個任務真的相當艱難。
可是，既然已經決定要做，那就得拚盡全力去完成。
話雖如此，困難還不是只有這樣。
雖然現在這樣我就已經快要頂不住了，但其實我還有一件非做不可的事情。
沒錯，那就是破壞系統的準備工作。
光是破壞系統當然是不行的。
還得保留負責幫助星球再生的功能，並且進行調整，把能量都灌注到那個部分。
為此，我必須把握系統的全貌，為了即將到來的那一天做準備。
因為這等於是在嘗試介入名為系統的超大型魔術，所以其難度可想而知。
搞不好這比打贏邱列邱列還要困難。
話雖如此，但那是指一般的情況。

如果D有在系統中設置能讓人完成這件事的後門，那我只要利用那個後門下手就行了。

就憑身為神（笑）的我，想要從頭解讀D創造的超大型魔術，完全靠自己進行改良，根本就是不可能的任務。

因此，現在只能期待D的玩心，祈求她有在系統中設置後門了。

總之，我無論如何都必須解讀系統。

正因為如此，我現在才會來到這個地方。

畫有幾何學圖案的巨大魔術陣在地板上展開。

而且牆壁與天花板上也展開了魔術陣，發出淡淡的光芒，打造出一幅幻想般的光景。

這幅光景的中央有一位女性。

魔術陣就像是奪走自由的枷鎖一樣，纏繞在飄浮在半空中的女性身上。

與其說是飄浮，那模樣看起來更像是被人吊著。

光是這樣看起來就已經夠悽慘了，她的下半身竟然還像是融入空間一樣消失不見。

那是一幅無比殘酷的光景。

『熟練度達到一定程度。』

『經驗值達到一定程度。』

『熟練度達到一定程度。』

聲音響徹整個空間。

女性的嘴巴沒有在動。

那些聲音重疊在一起，不斷地回響。

就像是不協調音階的合唱一樣。

不斷地回響。

雖說如此，但那確實是那位被吊著的女性發出的聲音。

那聲音是這個世界的人們依然在磨練技能的證明。

而那聲音正是我過去稱之為天之聲（暫定），被神言教視為神之聲的系統通知聲。

不光是發出聲音。

她一直獨自在此讓系統運作。

以系統這個超大型魔術的核心的身分。

這裡是系統的中樞。

雖然在正常情況下沒辦法進來這裡，但我還是用轉移術輕易摸進來了。

話雖如此，這裡也不是絕對進不來的地方。

因為這裡不是闇龍雷瑟看守的小房間那樣的異空間。

這個地方確實存在於現實空間。

有許多纖細的部分需要操控的系統沒辦法從異空間進行控制。

這就跟沒辦法在收不到訊號的地方接電話是一樣的道理。

這裡是艾爾羅大迷宮最下層的最深處。

沒錯，就是我誕生的那個艾爾羅大迷宮。

由地龍亞拉巴負責看守入口，被那個老媽當成住處的艾爾羅大迷宮最下層。

牠們在保護的就是這個地方。

這就是魔王不惜讓自己持有的最強戰力在此留守，也想要保護的東西。

可是，一般來說是無法進到這裡面的。

堅固的大門阻擋了一切的入侵。

那不愧是負責保護系統中樞的大門，其防禦力強到不管受到多少能力值的輔助都無法突破。

而且那扇大門還上了打不開的鎖，根本就無法打開。

就連讓老媽在此留守的魔王，應該也不曾實際進到裡面。

「……」

正因為如此，我才把魔王帶來這裡。

不過，我可能犯下了錯誤。

我也是頭一次來到這裡，沒想到裡面居然會是這種狀況。

讓魔王看到這幅光景或許有些殘忍。

魔王默默地走向那名被吊著的女性。

然後在她面前停下腳步。

就在伸手可及的距離。
在不斷迴盪的吵雜聲音之中，魔王默默地注視那名女性。
「母親……」
呢喃的話語被迴盪的女性聲音蓋過，幾乎沒有發出聲音。
即使如此，我還是聽到了魔王嘶啞的嗓音。
這名女性與魔王並沒有血緣關係。
也不可能會有。
可是，過去應該發生過足以讓魔王如此稱呼她的事情。
我不知道魔王的過去。
只能從魔王在系統運作前就已經出生這個事實，以及從禁忌中得知的情報，還有魔王本人至今的言行加以推測。
根據我的推測，我猜魔王應該認識這位被吊起來的女性。
可是，看來魔王與這位女性的關係，似乎比我想的還要親密許多。
若非如此，她也不可能叫一個沒有血緣關係的女性「母親」。
魔王默默地注視著那位女性。
沒有伸出手，就只是一直看著她。
我一句話也沒說，就這樣在旁守候。

很久很久以前。

世界的科技相當發達。

到處都是機械，讓人們過著富足的生活。

然而，他們犯下了過錯。

染指了不該碰觸的禁忌能源——ＭＡ能源。

即使某位女性告訴大家這麼做的風險，希望大家自制，人們也只把這些忠告當成耳邊風。

因為只要使用ＭＡ能源，他們就能擁有比現在更富足的生活。

而等待著他們的，是通往破滅的單程車票。

當人們終於發現自己的過錯，想要悔改的時候，一切已經太遲了。

滅亡的時刻迫在眉睫。

悲傷嘆息的人們找到了一線光明——

可以靠著犧牲一名女子來拯救世界。

而那名女子正是告訴大家ＭＡ能源有多麼危險的人。

即使如此，她還是答應了那些回過頭來向她求救的人們的要求。

然後，她成為了支撐世界的人質。

人們稱她為女神，把她奉為神明信仰。

她的名字是莎麗兒。
就是現在被吊在系統中樞的那位女性。

魔王想要把手伸向女神莎麗兒，卻又打消念頭，把手抽了回去。
「莎麗兒大人，變成這樣是不是很痛？是不是很難受？」
魔王居然哭了。
不知為何。
在我內心的某處，一直認為魔王絕對不會流淚。
因為我覺得魔王很堅強，不會讓別人看見自己的淚水。
事實上，只要別發生什麼大事，應該都沒辦法讓魔王流淚。
而那樣的大事就在我眼前發生了。
「就算變成這樣，妳也不會放棄對吧？因為我認識的莎麗兒大人就是這種人。」
雖然我不是很懂這個邏輯，但這在魔王心中肯定是無法動搖的信念吧。
「請妳再等我一下，我一定會把妳從這裡救出來的。我發誓。」
我可能誤會了。
我一直以為魔王是為了拯救世界而戰。
可是，看來事實並非如此。

魔王只是為了拯救一個人，才會孤獨地奮戰至今。

拯救世界只不過是順便罷了。

就跟我一樣。

只不過，這個願望強烈的程度，是我的願望所無法比擬的。

只要看見魔王現在的樣子，就能清楚得知這一點。

我有些羨慕魔王與女神莎麗兒的這種關係。

魔王回過頭，往我這邊走來。

她臉上已經沒有淚水了。

「這樣就可以了嗎？」

「嗯。我重新下定決心了。」

就跟本人說的一樣，魔王已經換上積極正向的表情。

「小白，謝謝妳帶我來這裡。」

魔王用神清氣爽的表情向我道謝。

看到女神莎麗兒現在的樣子，魔王流下了難得的眼淚，這或許讓她把堆積在心底的各種感情都發洩出來了。

雖然我起初以為自己可能犯了錯，但既然最後有讓魔王的心情變得舒暢，那我就算是做對了吧。

「嗯。那就好。」

這真是太好了。

不光是對魔王來說，對我來說也是如此。

為了報答救命之恩，我發誓要拚命幫助魔王。

可是，我的覺悟好像還是不太夠。

為了拯救女神莎麗兒，魔王一直獨自戰鬥。

雖然有眷屬，卻沒有同伴。

即使如此，魔王還是一直奮戰至今，從未停下腳步。

這麼做到底需要多大的覺悟？

這個過程到底有多麼痛苦？

即使如此，為了拯救女神莎麗兒，魔王至今依然在戰鬥。

我有辦法做到同樣的事情嗎？

我還沒做到。

我還完全不夠拚命。

我應該還能做得更多才對。

看到魔王對待女神莎麗兒的態度，我學到了這件事。

而且有別於那種必須報恩的義務感，我開始發自心底想要幫助魔王。

看到魔王的那種模樣，理所當然會讓人想要幫助她。
因為她是那麼努力。
因為她懷著可能會壯志未酬的覺悟，一路努力了這麼久。
即使受到魔族怨恨，想拯救的女神莎麗兒遭到這種對待，就算只是順便，她也還是在為了拯救世界而努力。
如果是像她這樣的好人，不就應該有好報嗎？
她都已經這麼努力了，就算給她個好結局也不為過吧？
不管別人怎麼說，我只接受魔王在最後歡笑的結局。
所以，如果是為了達成這個目的，不管是大屠殺還是什麼，我都願意去做。
拯救世界只是其次。
我只救自己想救的人。
我不會把拯救世界之類的漂亮話掛在嘴邊。
就算絕大多數的人都把我當成惡人責罵，我也不會在意。
你們的死活關我屁事。
當腦海中閃過這個念頭時，我發現自己果然也是邪神那一類人。
D只對自己的喜好，以及有趣的事情感興趣。
就算結果會導致一個世界毀滅，只要覺得有趣，那傢伙就不會在意。

雖然沒有那麼誇張，但我也跟她差不了多少。

都是為達目的不擇手段的傢伙。

沒差。

那我就不擇手段吧。

我不會假裝自己是正義之士，我要像個壞人一樣心狠手辣，為達目的不擇手段。

我不當神（笑）了。

於是，我成為邪神。

成為一個把人類與妖精都推下恐懼的深淵，這個世界最凶惡的邪神。

後記

大家新年快樂！我是馬場翁。

新年了！十集了！兩位數大關了！萬歲！

跟故事本篇裡的氣氛完全相反，我這個作者現在興奮到了極點。

這也是理所當然的，因為這部作品的集數終於邁入兩位數的大關了。

集數多達三位數的小說就只有傳說中的名作，所以來到兩位數的大關應該就已經算是很厲害了吧？

也就是說，我可以稍微臭屁一下對吧？

我可以變成傲慢的天狗對吧？

是天狗！這一切都是天狗幹的好事！

遺憾的是，這部作品中並沒有天狗，可是明明就有鬼……

那位鬼兄跟吸血鬼主僕在故事本篇可是大鬧了一場呢！

只不過，他們是很嚴肅地大鬧戰場，絕對不是在嘻笑打鬧。

尤其是梅拉佐菲，他可是非常嚴肅地在大鬧戰場。

整集故事都在非常嚴肅的氣氛之下進行，但這並非因為這是重要的第十集才會如此。

至於那些隨處可見的笑點，則是搞笑之神突然降臨的結果。

雖然故事裡的登場人物都很嚴肅，卻還是被突然降臨的搞笑之神破壞了氣氛。

換句話說，這一切都是神（作者）的錯！

嗯。大致上就是這麼回事！

接下來是致謝時間。

我要感謝這次也畫出美麗插圖的輝竜司老師。

其實有不少角色的設定都是來自輝竜老師的插圖（比如說布羅那種絕妙的俗氣品味就是輝竜老師的點子）。

輝竜老師對這部作品的影響力就是這麼大。真的非常感謝您。

我還要感謝負責繪製漫畫版的かかし朝浩老師。

在同時發售的漫畫版第六集中，也會出現幾位在這本小說版第十集裡登場的人物。

請大家務必確認看看。

然後，我還要感謝負責製作動畫的所有人。

很遺憾，關於動畫的部分，我還沒辦法告訴大家新的消息，但一切都有在慢慢進行。

在動畫本篇完成以前，還請大家耐心期待。

我還要感謝以責編W女士為首，為了讓這本書問世而提供協助的所有人。

以及所有拿起這本書的讀者。
真的非常感謝大家。

這個勇者明明超TUEEE卻過度謹慎 1~4 待續

Kadokawa Fantastic Novels

作者：土日月　插畫：とよた瑣織

謹慎的勇者要再一次拯救世界，
他的祕密武器卻是巨大女神!?

打倒獸皇葛蘭多雷翁的勇者聖哉與廢柴女神莉絲妲一刻也不得喘息，這次輪到擁有數萬魔導兵器的機皇出現在他們的面前。聖哉祭出反擊的祕技——「那就是祕密武器『大姐黛』。」「為什麼要做成我的樣子！」

各 **NT$220/HK$73~75**

最終亞瑟王之戰 1~2 待續

Kadokawa Fantastic Novels

作者：羊太郎　插畫：はいむらきよたか

以凜太朗為籌碼，
新的一戰開始了！

凜太朗和瑠奈遇到了新的亞瑟王繼承候選人，而她竟然是凜太朗曾經教授過戰鬥方式的弟子艾瑪．米歇爾。面對侍奉艾瑪的「騎士」蘭馬洛克卿，屈居劣勢的瑠奈竟賭上凜太朗，和瑠奈展開一場王者格局的較量——

各 **NT$250/HK$83**

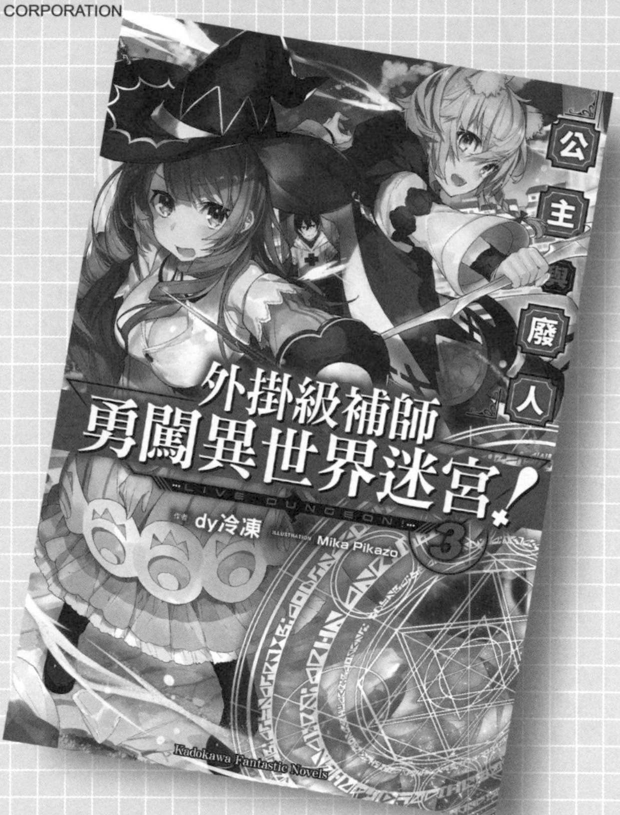

外掛級補師勇闖異世界迷宮！ 1~3 待續

Kadokawa Fantastic Novels

作者：dy冷凍　插畫：Mika Pikazo

努為了提升補師地位，決定大方傳授戰術，卻沒想到學生淨是一群問題兒童!?

終於洗刷幸運者汙名的努，為了更進一步提升補師的地位，決定分享將自己的戰術。首先從受所有探索者注目的頂尖氏族，招募願接受指導的補師人選……然而，前來受教的要不是空有實力卻異常缺乏自信，就是完全不願聽從指示，淨是一群問題兒童——!?

各 NT$200~220/HK$65~73

轉生為豬公爵的我，這次要向妳告白 1~2 待續

Kadokawa Fantastic Novels

作者：合田拍子　插畫：nauribon

豬公爵在學園的評價由負轉正！
還將擔任女王之盾的榮譽騎士!?

藉由諾菲斯事件從差評轉為好評的我，竟收到王室守護騎士選定試煉的參加邀請!?那可是擔任達利斯的女王之盾的重責大任！然而前去選定試煉的人除了豬公爵還有艾莉西雅公主，他們竟遇到將來會讓這個國家陷入最大危機的「背叛之騎士」!?

各 **NT$220/HK$73~75**

國家圖書館出版品預行編目資料

轉生成蜘蛛又怎樣！/ 馬場翁作；廖文斌譯. -- 初版.
-- 臺北市：臺灣角川，2020.04-
冊；　公分. -- (Kadokawa fantastic novels)
譯自：蜘蛛ですが、なにか？
ISBN 978-957-743-685-6(第 10 冊：平裝)

861.57　　109001880

Kadokawa
Fantastic
Novels

轉生成蜘蛛又怎樣！ 10

（原著名：蜘蛛ですが、なにか？ 10）

2020年4月15日 初版第1刷發行
2021年9月15日 初版第5刷發行

作者：馬場翁
插畫：輝竜司
譯者：廖文斌

發行人：岩崎剛人
總編輯：蔡佩芬
編輯：蘇涵
美術設計：李思穎
印務：李明修（主任）、張加恩（主任）、張凱棋

發行所：台灣角川股份有限公司
地址：104台北市中山區松江路223號3樓
電話：（02）2515-3000
傳真：（02）2515-0033
網址：www.kadokawa.com.tw
劃撥帳戶：台灣角川股份有限公司
劃撥帳號：19487412
法律顧問：有澤法律事務所
製版：巨茂科技印刷有限公司
ISBN：978-957-743-685-6